ROMPIENDO EL TITANIO

ANNA KATMORE

CAPÍTULO 1

Raffael

Nunca voy a olvidar la mirada en los ojos de Sebastian. Ahí está todo: el pánico puro de perder algo que importa de verdad. Un miedo que conozco demasiado bien, porque también es mío. Pero eso no cambia nada. No estoy listo para esto. Para él. Simplemente no estoy hecho para cruzar ciertas líneas.

—¿Entonces qué vas a hacer ahora? —me pregunta con la voz ronca, quebrada, después de los dos días que pasamos en Eastbourne. Juntos. Seguimos sentados en su auto, frente a mi edificio en Mayfair, mirándonos en un silencio que pesa—. ¿Vas a fingir que te gustan las mujeres? ¿Te vas a meter en una relación? ¿Casarte y vivir doblado el resto de tu vida?

Tal vez sí. Tal vez no.

—No necesito estar con nadie. —Intento que me salga suave, sereno, aunque por dentro estoy hecho trizas y algo en mí grita lo contrario—. Puedo quedarme solo. Mucha gente vive así.

—Raffael… —empieza, pero le aparto la mano de mi brazo y cierro los ojos. No puedo. No puedo decir adiós ni ninguna de las otras cosas que me golpean la garganta, porque harían esto todavía más insoportable. Y ya es un infierno.

Me doy la vuelta y bajo del auto, consciente de que esta puede ser la última vez que inhale su aroma a almizcle y piel tibia por el sol.

La puerta se cierra con un golpe seco. La puerta a un mundo en el que podría amar a un hombre.

Sin mirar atrás, me cuelgo la mochila al hombro y camino hacia la entrada del edificio. Empujo la puerta odiándome por esperar escuchar el rugido del motor del Honda y el chillido de las llantas cuando Sebastian arranque.

No pasa.

Él sigue ahí. Detrás de mí.

Detrás de mí.

Aprieto los ojos con fuerza.

Con los dientes apretados, intentando contener la arcada que me sube amarga desde el estómago, empiezo a trotar. Luego corro. Paso de largo el elevador y me lanzo hacia las escaleras. Subo. Y sigo subiendo. Los nueve pisos. Lo he hecho antes para mantenerme en forma. Ahora lo hago para intentar escapar del dolor que me desgarra por dentro, el que empezó con una noticia sobre una pareja atacada después del desfile del Orgullo Gay y con esa abuela adorable que llamaba justicia a la violencia.

Pero por más rápido que corra, las imágenes corren conmigo. No hay ningún lugar al que pueda huir.

Cuando entro al departamento, lanzo la mochila por el vestíbulo con un grito ahogado y me dejo caer contra la puerta cerrada. Golpear la cabeza contra la madera no borra las palabras de esa mujer ni alivia esta sensación horrible que me oprime el pecho. Me dejo resbalar hasta el suelo. Con las piernas dobladas, apoyo los codos en las rodillas y escondo la cara entre las manos. Ya no quiero ver este mundo brutal. Nada de él. Intento tragar, pero tengo la garganta tan cerrada como si alguien me estuviera apretando una cuerda alrededor del cuello.

Las lágrimas me arden en los ojos y clavo los talones de las manos contra los párpados, como si así pudiera retenerlas. No las quiero. Maldición, no quiero nada de esto.

Solo a él.

Sebastian irrumpió en mi vida como una dosis perfecta de algo que me hacía falta sin saberlo. Empezó a sentirse como lo único auténtico en mi mundo cómodo y cuidadosamente fingido. El único con quien quería estar. De una forma que me atravesaba entero. Pero al final se convirtió en la única frontera que no puedo cruzar. No puedo tenerlo. No de la manera que sanaría algo en mí. Porque eso significaría destruir todo lo que he construido para sobrevivir. Un sollozo se me escapa entre los dientes apretados. No puedo hacer esto. Él tuvo razón desde el principio, desde la primera noche en que nos vimos. Soy un maldito cobarde. No puedo tomar ese camino…

El corazón me late tan rápido que duele. Los pulmones no me alcanzan. El pecho se me cierra y el aire no entra.

Esto me va a matar.

Y va a doler hasta el último segundo.

*

—¡Hey! ¿Estás solo?

La voz alegre de Tanya al otro lado de la línea choca con el peso real de su pregunta. Porque, sin saberlo, acaba de dar en el centro de la herida.

Es lunes por la mañana. Apenas empieza mi descanso de verano en la universidad y, en teoría, debería estar afuera, celebrando, viendo gente, disfrutando. Pero jamás me había sentido tan solo. Me duele la cabeza. Me duele el cuerpo. Y el corazón es lo que más late, lo que más arde. No sé ni cómo sobreviví a la noche. Dormir no fue. Sigo con la misma ropa de ayer, tirado sobre la cama, escuchando el silencio espeso de mi departamento.

Siento como si llevara días despierto, atrapado aquí, pensando. Recordando. Tratando de desarmar un rompecabezas que estaba perfecto y volver a guardarlo en su caja para enterrarlo en el rincón más hondo de mí, donde nadie pueda tocarlo.

—Sí —murmuro.

Y se hace un silencio absoluto. Esa única palabra le basta para entender un fin de semana que yo todavía no termino de procesar.

Cuando vuelve a hablar, su voz es una caricia que atraviesa la ciudad y me roza el alma hecha pedazos. —¿Quieres hablar?

¿De lo que pasó? No. Niego con la cabeza, aunque no pueda verme. Sé que igual lo entiende.

Su suspiro, profundo y triste, viaja por la línea antes de que su voz se vuelva un susurro áspero. —Raff, lo siento muchísimo…

—Lo sé. —Arranco las palabras de mi garganta con cuidado, tratando de que no se quiebren. No estoy seguro de haberlo conseguido.

—Oye, cariño, ¿sabes qué? —dice, como si de pronto tuviera un plan—. Ven a casa esta noche. Cocinamos juntos, tú, Felix y yo. Hace siglos que no lo hacemos. ¿Qué te parece pollo asado?

—Suena bien… pero no tengo ánimo. —Bajo la vista y paso los dedos por la costura de mi camiseta blanca de hockey—. Esta vez necesito estar solo unos días. ¿Lo dejamos para más adelante este mes?

Respira hondo. La preocupación se le nota hasta a través del teléfono y me duele no dejarla entrar. Pero es demasiado pronto. Necesito tiempo para entender qué hice. Qué perdí. No puedo hablar de eso todavía. Sigue demasiado vivo. Y duele demasiado.

—Está bien. Entonces cenamos el sábado —dice al fin.

Me muerdo el labio. No creo que en cinco días esto desaparezca. Ni en cinco meses. Pero conozco a mi mejor amiga lo suficiente como para reconocer cuándo algo no es una sugerencia sino una decisión. Que me dé una semana para desmoronarme ya es generoso.

—Y si quieres hablar, me llamas. Estoy aquí para escucharte. Y para abrazarte, ya lo sabes, Raffael.

—Sí. —Lo sé—. Gracias, Tanya.

Hablar duele. Pensar en el sábado también. Así que corto y dejo el teléfono caer a mi lado sobre el colchón. La luz azul en la esquina superior parpadea desde hace horas. Sé perfectamente quién me está escribiendo.

Y, igual que anoche, no respondo.

El cansancio de no haber dormido termina por arrastrarme al fondo.

Cuando vuelvo a abrir los ojos, el timbre me atraviesa el cráneo. El sol ya se está escondiendo detrás de los techos de Londres. Maldición, ¿cuánto tiempo dormí?

Me masajeo la frente, todavía palpitante, y bajo descalzo a abrir. ¿Quién demonios llega sin avisar?

Con la mano en la perilla, me quedo quieto. Si es Sebastian, eligió el peor momento. Ya no queda nada que decir. Entonces ¿para qué vendría…?

—¡Vamos, Raff, abre! —La voz impaciente de

Tanya resuena en el pasillo, seguida de otro timbrazo insistente—. Sé que estás en casa.

Me pellizco el puente de la nariz. Abro de golpe, cruzo los brazos y le sostengo la mirada a su cara de porcelana enmarcada por esa cascada de cabello negro y lacio que contrasta con su sudadera oscura.

—¿No habíamos quedado en el sábado? ¿Qué haces aquí? —gruño.

Ella pasa a mi lado como si nada, sin esperar invitación, y deja una bolsa de plástico sobre la encimera de la cocina. —El sábado dijimos pollo. Y esto no es pollo.

Cierro la puerta y la sigo. La veo sacar un bote tamaño XL de Ben & Jerry's y abrir el cajón en busca de cucharas. Me extiende una. —Esto es helado.

Bajo la mirada hacia la tapa. Fresa.

Puede que conozca mis gustos, pero no sabe cuándo conviene dejarme respirar. —No quiero helado.

—Perfecto. Más para mí. —Ni se inmuta ante mi intento malhumorado de espantarla. Devuelve la segunda cuchara al cajón y camina hacia el sofá—. Me lo como yo mientras me cuentas qué te pasa.

¿En serio?

En serio. Se sienta con las piernas dobladas bajo el cuerpo, destapa el bote y se lleva la primera cucharada a la boca sin dejar de mirarme, expectante.

Aprieto la mandíbula. Cuando se le mete algo en la cabeza, es imposible moverla. Suspiro, resignado, la sigo hasta el sofá y me dejo caer a su lado. La observo de reojo mientras me muerdo las uñas. Va por la tercera cucharada cuando por fin pregunta, con la voz más suave.

—¿Qué pasó el fin de semana, Raff?

Inhalo profundo. No sé ni por dónde empezar. Bajo la vista a mis dedos húmedos. —Tú primero. ¿Cómo te fue con Felix? —La miro de reojo otra vez. Sabía perfectamente que planeaba pedirle que fuera su novia mientras yo estaba fuera.

—Fue… no sé. —Se encoge de hombros, evita mi mirada y raspa la superficie del helado—. Después de… bueno, ya sabes, estábamos acostados y de pronto me abraza más fuerte y me dice: Oye, ¿y si dejas tu cepillo de dientes en mi depa? Y yo: Ya tengo uno en tu baño. Y él: Bueno, entonces compramos tu pasta favorita, la de chicle. Y yo: ¿Hablas en serio? —Recién entonces me mira, como si hubiera hecho algo mal y estuviera esperando mi veredicto. Yo no digo nada. Conozco demasiado bien a ambos como para no adivinar cómo terminó eso.

Tanya se mete a la boca las tres cucharadas que había juntado y murmura atropelladamente. —Yá saía adónbe iba, péro fúe súper raro. No sápia qé desir.

Frunzo el ceño y le saco la cuchara de la boca. —¿Qué?

Suspira, insegura, y cierra los ojos un segundo. —Todo esto se siente extraño, Raffael. Llevamos dos días oficiales como novios y todavía no termino de asimilarlo. —Respira hondo antes de mirarme otra vez—. Quiero decir, es tan atento. Pensando en mi pasta dental solo porque sabe que odio el sabor fuerte de la suya.

Le sostengo la mirada. —Es porque te ama.

Ahí aparece. La sonrisa de Tanya podría derretir los glaciares. Sé que van a ser felices. Le devuelvo una sonrisa tranquila para que sepa que me alegro de verdad y le robo la cuchara para sacar un bocado pequeño.

Entonces me atraviesa con su voz suave.

—¿Sabes? Yo estaba casi segura de que Sebastian también estaba enamorado de ti. Entonces, ¿qué hizo mal para que hoy estés aquí solo y no con él?

La cuchara queda suspendida en el aire mientras miro el helado rosa, entendiendo que el pequeño descanso que me permití acaba de terminar.

—No hizo nada mal —digo, con la voz rasposa, apenas audible—. No puedo ser gay, Tanya. —Cierro los ojos. Recuerdo las noticias. El odio. El fuego en los comentarios—. No puedo… nunca…

Me meto el helado en la boca. Cuando la fresa se derrite en mi lengua, el ardor en el pecho regresa con fuerza y aprieto los labios. Sebastian había lamido la mitad del cono de Michelle antes de que nos besáramos en el jardín. En ese instante supe que el helado de fresa siempre sabría a él. Lo que no sabía era cuánto iba a dolerme ese sabor apenas dos días después.

Trago, pero Sebastian no se va de mi boca.

—Lo extrañas, ¿verdad? —pregunta Tanya con cuidado, quitándome la cuchara de la mano. La deja en la mesa junto al bote y luego se acurruca contra mi pecho.

El nudo en mi garganta apenas me deja respirar. La rodeo con los brazos y entierro la cara en su cabello.

—Sí… —susurro—. Sí, lo extraño.

CAPÍTULO 2

Sebastian

No sé qué hacer conmigo. Andar en pants por el departamento y dejarme caer en el sillón, mirando cómo la lluvia se desliza por la ventana, no hace nada para aliviar este vacío que me aprieta el pecho. Esta mañana llamé al gimnasio para decir que estaba enfermo. En teoría, trabajar y mantenerme ocupado debería ayudar a despejarme, o eso dicen. Pero la verdad es que no sirvió para nada durante toda la semana, así que ¿para qué fingir? Hoy no estoy para ver a nadie.

Desde el sillón, me quedo mirando el celular. La selfie que me tomé con Raffael en mi habitación en Eastbourne, justo cuando lo estoy besando… y él se cubre los ojos. Siempre fue tan tímido. Y tan increíblemente dulce por eso.

Siento que el corazón se me deshace mientras releo los mensajes que intercambiamos después, todos todavía guardados en su chat. Cuando los dos éramos felices.

Islandia
La primera foto de nosotros como pareja.
Islandia
Sí… no. Sabes que no somos pareja.
Islandia
…todavía no. Pero hablaremos de la opción cuando estemos de vuelta en Londres.
Islandia
Tal vez. Buenas noches, Sebastian.
Islandia
Buenas noches, Raff.

Aspiro hondo por la nariz y termino tosiendo cuando cambio su nombre de Islandia a Raffael en mi teléfono. Tragar este nudo en la garganta es una tortura. Se siente como si me estuviera ahogando.

Me hundo.

Después de que volvimos a Londres y Raffael se bajó de mi auto, le escribí esa misma noche. Luego cuatro mensajes más de madrugada. Lo llamé en la mañana; en la tarde. El martes. El miércoles. Hace tres horas. Pero haga lo que haga, por más que intente acercarme, me sigue ignorando.

Me dejó fuera de su mundo. Como si ya me hubiera borrado.

Los muros de Raffael volvieron a levantarse, más altos y más gruesos que nunca. Al final sí logré atravesar el titanio, pero no supe cómo proteger el copo de nieve que tenía en la palma de la mano. Porque la nieve hace lo que siempre hace: se derrite. Igual que nuestros momentos. Juntos. En el País de las Maravillas.

Yo
Por favor, Raff. Por favor… dame la oportunidad de hablar contigo.

Sé que si no responde esta vez, si las dos palomitas al lado de este mensaje —y de todos los anteriores— no se vuelven azules, será el último que le envíe. Mi último intento de arreglar lo que se rompió cuando las noticias aparecieron en el peor momento y una vieja hirió el corazón sensible de Raffael con palabras afiladas como una espada.

No pasa nada. El mensaje sigue sin leerse, igual que todos los de esta semana. Es obvio que silenció nuestro chat de WhatsApp para que ni siquiera le llegue la notificación cuando le escribo. Probablemente yo haría lo mismo si no quisiera saber nada de alguien.

Pero no lo entiendo.

La pasamos increíble juntos. Sé que él estaba empezando a enamorarse de mí del mismo modo en que yo me fui enamorando de él desde aquel primer beso. No hubo pelea. No hubo ruptura. Solo entendí que amar a un hombre es demasiado para él, algo que no sabe cómo permitirse. ¿Pero eso significa que ya no podemos hablar? ¿Que no podemos vernos… aunque sea… como… amigos? Sí, claro. A la mierda. No quiero ser solo su amigo. Lo quiero a él. Completo.

Aprieto el celular cada vez con más fuerza. Cierro los ojos y apoyo el borde contra mi frente. Dios, cómo lo extraño…

Con un gruñido de frustración, bajo las piernas del sillón y me pongo de pie; mis pies descalzos golpean el piso con un sonido seco. Reviso el mensaje una última vez. Sigue sin leer.

—¡QUE TE JODAS, RAFFAEL!

Ciego de rabia, lanzo el teléfono a un lado y me paso ambas manos por el pelo. Apoyo los codos en las rodillas y escondo la cara entre las palmas. ¿Para qué tuvo que meterse en mi vida si no era capaz de quedarse?

Me niego a llorar porque, carajo, yo no lloro. No por él. No por nadie. Pero los ojos me arden y esa presión detrás de los párpados me deja claro que no me sentía así por alguien desde hace muchísimo tiempo. Tal vez nunca.

Raffael irrumpió en mi mundo demasiado hondo, demasiado rápido. Es absurdo lo que logró hacerme en apenas dos semanas. Y lo destrozado que me deja ahora que ya no está.

Arrastro mi cuerpo hasta el dormitorio, agarro ropa limpia y camino hasta el baño con los pies pesados. Tal vez una ducha caliente logre entibiar este hueco helado que tengo por dentro.

O tal vez no.

Quince minutos después me seco sin ganas, dejo caer la toalla al piso y me pongo los jeans gastados. Todavía tengo el pecho húmedo, así que me froto con la remera azul oscuro. Levanto la vista y me encuentro con mi reflejo en el espejo sobre el lavamanos. Poco a poco bajo la mano que sostiene la remera. Me quedo inmóvil.

La tinta negra del sharpie en mi abdomen ya empieza a borrarse. El dibujo que Raffael me hizo el sábado por la noche. Lo estoy perdiendo igual que lo perdí a él. La remera se me resbala de los dedos y cae al suelo. Sin apartar la mirada del espejo, alzo la mano y sigo con cuidado las líneas oscuras sobre mi piel. Un abejorro. El paseo junto al mar. El pequeño temblor en el trazo cuando lo toqué mientras dibujaba nuestras iniciales. Todo sigue ahí y, al mismo tiempo, ya no. Se está desvaneciendo.

Se me cierra la garganta. No estoy listo para dejarlo ir, no apenas media semana después. Raffael llegó a mi vida como un accidente maravilloso y quiero que se quede. Quiero despertar a su lado los fines de semana. Quiero llevarle una taza de chocolate caliente a medianoche después de hacer el amor. Solo quiero besarlo bajo un árbol y saber que nadie va a significar para él lo que yo.

Porque él ya lo significa todo para mí.

Paso los dedos por Wonderland, el que dibujó justo debajo de mi corazón. No quiero perder esto.

Con la cabeza inclinada, apoyo las manos en el borde del lavamanos. Cierro los ojos con fuerza, me muerdo el labio inferior como hacía Raffael tan seguido. Es absurdo cómo son los detalles más pequeños los que más se extrañan. El pecho me duele cuando vuelvo a respirar hondo, me enderezo y salgo del baño. No. No puedo dejar que Wonderland desaparezca todavía. Es lo único que tengo de él ahora mismo y, por el amor de Dios, voy a hacer que dure lo más posible.

Cruzo la sala hasta el escritorio en la esquina y abro el cajón superior, revolviendo bolígrafos y marcadores hasta encontrar lo que busco. Sabía que tenía un sharpie negro ahí.

Lo destapo y me dejo caer otra vez en el sillón, medio recostado, con los jeans aún abiertos. Bajo la vista hacia mi abdomen desnudo. La tinta podrá borrarse, pero yo no voy a dejarla morir. Respiro hondo y empiezo a repasar con cuidado el dibujo precioso sobre mi piel, ese que guarda tanto de Raffael... porque entonces entiendo que no puedo permitir que este sea nuestro final.

*

El día en el gimnasio fue un asco, pero no puedo fingir que estoy enfermo todo el mes. No existe certificado médico por mal de amores. A las cinco me meto a la ducha, agotado hasta los huesos y con el corazón hecho polvo, listo para irme a casa y tirarme otra vez en el sillón a compadecerme de mí mismo todo el fin de semana.

Al cruzar la calle hacia donde dejé el auto, saco el celular del bolsillo y lo activo después de tenerlo en silencio casi todo el día. WhatsApp empieza a parpadear y a sonar sin descanso. Es ridículo que el corazón todavía me dé un brinco cuando sé perfectamente que ninguno de esos mensajes va a ser de Raffael. Pero la esperanza es una perra terca y no me suelta mientras reviso las notificaciones.

No. Nada de Raff. Las dos palomitas siguen grises; ni siquiera ha abierto mis mensajes. Pero sí hay uno de mi hermana. Desde que supo cómo acabamos el domingo, me escribe todos los días.

Pulso llamar y, cuando contesta, dejo escapar el aire dentro del teléfono. —Hola, Claudia.

—Hola, hermanito. ¿Cómo vas?

Desbloqueo el auto y me meto detrás del volante, pero no enciendo el motor. Me quedo mirando a través del parabrisas. —Hoy trabajé. Supongo que eso cuenta como progreso.

—¿Y nada nuevo de Raffael?

—Nnnnop. —Intento sonar más ligero de lo que me siento, pero ¿para qué dramatizar? No cambia nada.

—Bueno, al menos saliste del departamento y te moviste un poco. —Se le cuela una nota optimista en la voz—. Distraerte ayuda.

—Mmhmm.

Mi gruñido le baja el entusiasmo de golpe y ella suspira largo. —Deberías venir el fin de semana. Salir de la ciudad, estar un rato con Michelle. Y oye…

Reconozco ese tono. Cuando a Claudia se le prende el foco, su voz cambia. Cierro los ojos y dejo escapar otro gemido. A ver con qué sale ahora.

—¿Te acuerdas que hablamos de ampliar la sala para hacer un invernadero?

Claro que me acuerdo. Lleva meses queriendo más espacio en la planta baja. Unas paredes de vidrio en el lado sur de la casa harían que los inviernos fueran mucho más llevaderos.

—Tal vez necesitas agarrar un mazo y tirar unas cuantas paredes.

La idea me saca una sonrisa. Pequeña, pero real. Ojalá fuera tan simple. —No puedes ir a golpear una pared sin más, hermana. Eso hay que planearlo. Con una constructora.

Hay un breve silencio al otro lado y luego su voz se vuelve más suave. —¿O con un arquitecto?

Me paso la mano por el pelo y me trago el suspiro que me sube al pecho. Sé perfectamente a quién se refiere. —No va a funcionar, Claudia. Es estudiante. Necesitas a alguien certificado para algo así, también por el seguro. Raffael no es una opción.

Escucho su decepción antes de que hable. —Qué

lástima.

Paso los dedos por el volante, mirándolos mientras lo hago. Sí… lo es. Habría sido una excusa perfecta. —Voy a buscar a alguien más. En Londres sobran arquitectos. Tendrás tu invernadero y, cuando todo esté aprobado y listo, yo mismo voy con el mazo, te lo prometo. —Respiro hondo—. Dale un beso a Michelle de mi parte. Te aviso cuando esté listo para ir a verlas.

—Está bien. Cuídate, hermanito.

Cuelgo y me quedo un momento en silencio antes de abrir el siguiente chat. Es un grupo que se llama Racers. Elliot Northrob me agregó después de que acepté correr una carrera de exhibición contra Raffael, mano a mano, en algún momento cercano. Al parecer, hay gente dispuesta a apostar bastante dinero por el resultado.

No tardé en entender que este grupo es donde él y esa chica alta, Nikki, anuncian la hora y el punto de encuentro de las carreras callejeras ilegales aquí en Londres. Siempre lo hacen con poca anticipación. Supongo que así reducen el riesgo de que la información llegue a la policía. Nadie quiere que aparezcan antes de tiempo y arruinen la noche.

Esta noche hay carrera a las diez. La ubicación la mandan más tarde, según escribió Nikki.

Hay doscientas personas en el grupo. Dos tercios ya leyeron el mensaje. Raffael también.

Esta no es la carrera de exhibición entre él y yo, así que en teoría no tendría por qué ir. No estoy en condiciones de correr contra desconocidos cuando podría perder el Honda o, como mínimo, una buena suma de dinero porque mi concentración es un desastre estos días.

Pero…

Dejo el teléfono en el asiento del copiloto y lo observo con el ceño fruncido varios segundos antes de encender el motor. Raffael podría estar ahí esta noche. Si sigue ignorando mis mensajes y mis llamadas, tal vez tenga una oportunidad de interceptarlo en persona y obligarlo a hablar conmigo. Solo pensar en la posibilidad de verlo me recorre con un escalofrío lleno de esperanza.

Al llegar a casa, me pongo una sudadera negra con capucha sobre la remera y saco algo de la heladera. Es extraño: el estante del medio, donde normalmente habría un par de cervezas, ahora está invadido por un ejército de latas verdes de Sprite. Abro una y me tomo la mitad mientras preparo un sándwich de pavo con lechuga y mayonesa. Pero cuando lo tengo listo, el estómago se me cierra. No he tenido hambre en toda la semana y, ahora que la idea de verlo esta noche me tiene alterado, el apetito vuelve a esconderse. Le doy un mordisco a una esquina, pero no logro pasar más que eso. Envuelvo el resto y lo regreso a la heladera. Tal vez cuando vuelva.

Como un adicto esperando su próxima dosis, reviso el celular una y otra vez hasta que por fin llega el mensaje con la ubicación. Nikki no tarda mucho. Al poco tiempo ya voy en camino a Wandsworth

Common, donde esta noche se reunirá la comunidad de las carreras.

Avanzo despacio entre los autos modificados que llenan el estacionamiento junto al parque, atento a cada detalle, buscando un Corvette gris carbón y a su conductor rubio platinado. Pero el único color que destaca entre la multitud es el rojo encendido del cabello de Felix, junto a la chica de pelo negro.

Encuentro un espacio cerca de ellos, estaciono y apenas alcanzo a cerrar la puerta cuando Tanya viene corriendo hacia mí. Se me cuelga del cuello y esconde el rostro en mi hombro. Me deja descolocado hasta que su voz quebrada me roza el oído. —Oh, Sebastian, es tan triste. Lo siento muchísimo por lo que pasó, por cómo quedaron tú y Raffael.

Ah. Claro.

Felix se acerca detrás de ella, con las manos en los bolsillos de su chaqueta de cuero negra, y me saluda alzando las cejas. Tiene los labios tensos, apretados en una línea fina. Supongo que Tanya ya dijo todo lo que había que decir. Le devuelvo el gesto con un leve asentimiento y cierro los ojos, respirando hondo mientras aprieto un poco más a Tanya. Solo sostenerla me da cierta calma, como si me anclara. No sé bien por qué. Tal vez porque es tan cercana a Raff que, a través de ella, todavía siento un hilo que me conecta con él.

Cuando se aparta, el rímel se le corrió bajo el ojo derecho. Le limpio la mancha con el pulgar. Parece tan fácil para ella hacer lo que yo no puedo. Estar con

Raffael. Llamarlo. Recibir sus mensajes. Llorar por haberlo perdido.

—No estés triste. Estoy bien —miento, forzando una sonrisa. Pero al segundo trago saliva y la pregunta se me escapa, afinada por la emoción que no logro esconder—. ¿Cómo está?

—Le está costando. —Cuando mi mano baja de su mejilla y se desliza por su brazo, sus dedos atrapan los míos y los aprietan un instante—. No quería salir del departamento. Apenas responde nuestras llamadas. —Tanya suspira y parpadea; la ternura en sus ojos brilla como una taza de chocolate caliente en pleno invierno—. Te extraña.

Yo también lo extraño…

—¿Y tú cómo estás, cariño? —pregunta luego, más serena, mientras se aparta un poco para examinarme—. Te ves más flaco. ¿Cuándo fue la última vez que comiste algo?

—Me hice un sándwich —respondo, aunque enseguida recuerdo que solo le di un mordisco—. Ayer en la mañana.

—Deberías cuidarte más, Sebastian —dice mientras caminamos de regreso al Alfa rojo cereza contra el que ella y Felix estaban apoyados, tan bajo que casi roza el asfalto—. No vas a arreglar nada dejando de comer hasta quedarte en los huesos. Se lo estoy diciendo también a Raffael.

¿Así que él tampoco está comiendo? ¿Es patético que me consuele saber que al menos en eso estamos igual? Meto las manos en los bolsillos, intento sonar relajado y fracaso cuando pregunto: —¿Va a venir esta noche?

La tristeza en sus ojos me responde antes de que siquiera niegue con la cabeza. Me paso la mano por el pelo y dejo salir el aire despacio. Entonces, de pronto, su expresión se ilumina mientras se apoya en el capó del auto, sosteniéndose con las manos. —Pero ¿sabes qué? —dice—. Mañana en la noche va a cenar en mi casa. Vamos a hacer pollo al horno juntos. Tú también deberías venir.

—Eh, eh, princesa —interviene Felix, disfrazando la protesta con una risa insegura—. ¿Te parece buena idea?

—Sí —responde ella sin dudar, pero esta vez soy yo quien le da la razón a Felix.

—Tiene un punto. No suena como el mejor plan —digo, frunciendo el ceño—. No quiero poner a Raff en una situación incómoda.

Para mi sorpresa, Felix vuelve a reír y me da una palmada en el hombro. —Eso no es lo que me preocupa, amigo. De hecho, creo que Raffael necesita un empujón y que debería hablar contigo. Que vengas mañana a cocinar con nosotros sería la oportunidad perfecta. —La mueca que hace después me desconcierta—. Pero se va a enfurecer. —Su mirada cargada de intención se posa en Tanya—. Con nosotros.

Tanya entrecierra los ojos y frunce los labios mientras lo piensa. Luego nos dedica una sonrisa cálida y firme. —Somos su familia. Se le va a pasar.

—No sé... —murmuro, pero el rugido de varios motores me salva cuando los pilotos se preparan para arrancar. Mi vía de escape. No me sorprende que Felix no participe con un auto tan llamativo. El suyo está hecho para exhibirse, no para competir. El aerografiado de zombis en el capó siempre me ha parecido brutal. Caminamos hacia la línea de salida junto con el resto para ver el arranque.

Cuando Nikki baja las banderas, un Seat amarillo, un BMW plateado y dos Toyotas salen disparados, devorando la calle que Master B y Elliot mantienen libre para ellos. En mi primera carrera en Londres descubrí que esos dos son unos malditos genios de la informática, capaces de meterse en el sistema de tránsito y manipular los semáforos de todo un distrito. Vía libre para correr.

Los vemos alejarse a toda velocidad por la avenida, acompañados por los gritos del público. No sé exactamente cuál es el circuito, pero sé que regresarán aquí para la meta.

Todas las cabezas giran para seguirlos. La mía también. Hasta que algo me recorre la piel. Una sensación extraña que me eriza desde la nuca hasta la punta de los dedos.

Despacio, me doy la vuelta. No sé por qué; solo siento que lo que provoca esa electricidad está detrás de mí.

Aquí la multitud es más dispersa. Recorro los pocos rostros que alcanzo a distinguir. Ninguno me mira. Excepto uno. A lo lejos, entre la gente, un par de ojos azul ártico brilla bajo la luz de una farola al otro lado de la calle.

El corazón se me dispara.

Raffael.

Su cabello rubio nórdico le cae con naturalidad sobre la frente, combinando con la camiseta blanca de hockey que lleva con unos jeans claros. Está ahí, de pie, como el ángel de Islandia que no he dejado de ver en mi cabeza.

Inclino la cabeza; de pronto el aire no me alcanza. Aprieta algo oscuro contra el estómago y sostiene mi mirada, pero es evidente que no va a acercarse. No quiero desperdiciar esta oportunidad, pero ¿y si cruzo ahora y desaparece? El miedo me paraliza, aunque cada célula de mi cuerpo quiere estar junto a él.

Con cautela, doy un paso hacia Raff. Y no se mueve. El estómago me tiembla de ansiedad. Doy otro paso. Y otro más. Avanzo despacio, sin apartar la vista, como si cualquier movimiento brusco pudiera romper el momento. Sus ojos, abiertos y vulnerables, me siguen mientras reduzco la distancia hasta que apenas unos pasos nos separan y me detengo.

Me muerdo el labio, buscando qué decir. Me meto las manos en los bolsillos del jean y trago saliva. Nos quedamos mirándonos durante un lapso que se siente eterno. Es extraño lo fácil que se desvanece el resto del mundo, con su ruido y su gente. Raffael no se mueve, pero sus respiraciones irregulares delatan que está tan nervioso como yo. Bajo la vista poco a poco. Sigue apretando lo oscuro contra el vientre y entonces lo entiendo: es mi camisa y mi remera, las que dejé en su sala de juegos la última vez que estuvimos juntos.

Vino a devolvérmelas. Se me cierra la garganta.

Quiero preguntarle mil cosas. ¿Cómo estás? ¿Por qué no respondes? ¿Puedo abrazarte? Pero de mi boca no sale nada. Solo un aliento pesado, cargado de todo lo que no digo.

Estamos dentro del círculo de luz de la farola. Una brisa tibia pasa entre nosotros y le revuelve el cabello. Un mechón le cae sobre el ojo izquierdo; parpadea y luego baja la mirada, indeciso, hacia lo que sostiene entre los dedos. Se queda observando mi ropa unos segundos más, como si no supiera cómo proceder, hasta que al fin me extiende mi camisa negra. La tomo. Su mano izquierda desciende. Y aún conserva mi remera gris.

Sujeto la camisa sin apartar los ojos de lo único que no me devuelve. Una chispa diminuta de esperanza me acelera el pulso. Busco su mirada otra vez. Sus ojos están clavados en los míos y brillan con una añoranza que jamás admitiría en voz alta. Traga saliva, parpadea un par de veces y, finalmente, se da la vuelta. Camina cuesta arriba hacia donde tiene estacionado el auto. No mira atrás ni una sola vez, ni siquiera cuando se sube. Instantes después, el Corvette ronronea, se despega del borde de la acera y se aleja con calma.

No sé si me observa por el retrovisor, pero quiero creer que sí. Me quedo inmóvil varios segundos, mirando hasta que las luces traseras desaparecen en la esquina. Solo entonces el bullicio a mi espalda me devuelve al presente y me doy la vuelta.

Los cuatro autos regresan por otra calle y cruzan la meta, con el Seat amarillo a la cabeza. Esta noche se llevará una buena cantidad de dinero, algo que muchos aquí envidiarán. Yo no.

Lo que yo tengo vale mucho más.

Tengo esperanza.

Porque Raffael decidió quedarse con mi remera.

CAPÍTULO 3

Raffael

Me aferro a la camiseta de Sebastian con los dedos y subo las escaleras casi corriendo. El elevador tarda una eternidad en bajar y esta noche no me queda paciencia. No pude devolvérsela. Es... no sé. ¿Un recuerdo? Lo único que todavía tengo de él. Necesito esto. Necesito agarrarme de algo.

Para sobrevivir a este dolor.

Entro a mi departamento con la respiración desbocada, cierro de un portazo y me quedo apoyado contra la puerta. ¡Mierda! Me arde el pecho por dentro. Me llevo la camiseta al rostro y aspiro profundo. Se me escapa el aire en un suspiro tembloroso. Huele al detergente que usa Rosa, no a él, pero no importa. Saber que Sebastian la tuvo puesta, que su olor estuvo alguna vez impregnado en esta tela, es lo único que me mantiene en pie y evita que me desplome en el suelo. Cierro los ojos despacio. No quiero romperme por esto… otra vez. No puedo. Ya pasé una semana sin él. Voy a poder con esto.

Tengo que poder.

Trago saliva, me separo de la puerta y avanzo hasta el sofá con pasos torpes. Me dejo caer sin fuerzas; los cojines se hunden bajo mi peso y apoyo la cabeza en el respaldo. El departamento está en silencio y a oscuras. Las luces del techo solo se encienden cuando se abre la puerta del elevador privado, y como subí por las escaleras, ni siquiera me molesté en prenderlas. Ahora prefiero así. La oscuridad me envuelve y, de algún modo, me consuela. Me permite no ver lo que me falta. Lo que no fue. Lo que nunca va a ser.

Ya va a pasar, me repito. Va a pasar. Con el tiempo. Algún día voy a dejar de pensar en Sebastian… y va a dejar de doler haberlo perdido. Se me va a pasar.

*

Tanya dijo que a las cinco en su casa. Estoy retomando la costumbre de llegar puntual, aunque no tenga el menor ánimo de pasar una noche alegre con mis amigos, cocinando pollo o lo que sea que hayan planeado. Porque cocinar juntos también implica sentarnos a comer juntos y, si soy honesto, ya ni recuerdo cuándo fue la última vez que tuve algo parecido al apetito.

No, sí lo recuerdo. Fue en casa de Claudia, en Eastbourne, cuando estábamos todos alrededor de la mesa comiendo pizza casera. Le daba pedacitos de la mía a Michelle, la sobrina de dos años de Sebastian. Ella estaba convencida de que yo era un unicornio. Yo estoy convencido de que ella es un ángel.

Me acomodo la sudadera blanca y toco el timbre del departamento de Tanya. Espero. A los pocos segundos abre y me recibe con una sonrisa amplia, haciéndose a un lado para dejarme pasar. Un recibidor pequeño da la bienvenida, con un espejo redondo y varios de sus cuadros de hadas colgados en las paredes blancas. La puerta se cierra con un clic suave detrás de mí. Como saludo, la atraigo hacia mí con una mano en su nuca y le beso la frente. Ella apoya las palmas en mi pecho y me busca la mirada. —Gracias por venir, Raff. Sé que no te morías de ganas.

—Con que tengas Sprite me basta.

Da un paso atrás y alza la barbilla para mirarme directo a los ojos. —Siempre tengo Sprite en el refri para ti, lo sabes.

Mis labios se curvan apenas en una sonrisa agradecida, pero se borra al instante cuando escucho voces en la cocina. Dos. Hay dos hombres ahí dentro cuando solo debería haber uno. —¿Quién más está aquí esta noche? —pregunto, frunciendo el ceño, aunque no necesito respuesta. Cuando el desconocido le dice "gracias" a Felix, su voz me recorre la espalda como una descarga helada. Solo hay una persona que me provoca eso.

Aprieto la mandíbula al ver la culpa en los ojos marrón oscuro de Tanya. —¿Qué demonios hiciste? —siseo, y me doy la vuelta sin esperar explicación. Estoy decidido a irme cuanto antes, pero ella se mueve más rápido.

Me pasa por un lado y se planta frente a la puerta, bloqueándola con brazos y piernas abiertos en forma de X. —Por favor, Raffael, no te vayas. Es solo una noche. Cocinar, comer juntos. Vas a sobrevivir.

Lo dudo. —Quítate de la puerta, Tanya, o voy a tener que apartarte yo —gruño entre dientes.

El pánico le borra el color del rostro hasta que su mirada se fija en algo detrás de mi hombro. Mierda.

—¿Te vas otra vez? —la voz suave y herida me alcanza a pocos pasos.

Cierro los ojos y respiro hondo, despacio. Cuando los abro, Tanya me observa con una esperanza casi infantil brillándole en la mirada. Se acerca y aprieta mi mano un segundo entre las suyas. —Por favor, solo esta noche —susurra, y luego pasa junto a mí y desaparece del recibidor, dejándome solo con Sebastian.

—Maldita seas —murmuro entre dientes, aunque no pueda oírme. Con los labios tensos, vuelvo a cerrar los ojos y dejo caer la cabeza, apoyando el puño contra la puerta. No puedo creer que me hagan esto.

—¿Por qué estás tan enojado con ella? —la voz de Sebastian me llega a la espalda. Esa suavidad solo consigue que apriete más los dientes.

—¡Porque no deberías estar aquí! —golpeo el pomo con la palma y lo miro por encima del hombro, clavándole una mirada oscura. Él se queda ahí, observándome. Luego mete las manos en los bolsillos de sus jeans rotos y al hacerlo levanta un poco la camiseta negra. Me dan ganas de gritar porque lo extraño demasiado—. Y yo tampoco debería estar aquí.

Cuando giro el pomo y entreabro la puerta, una mano firme la empuja y la cierra de golpe. Me sobresalto. —Raff… No huyas.

Lo único que hago es fulminarlo con la mirada.

—¿No podemos intentar ser amigos? Personas normales que se encuentran en casa de una amiga para pasar el rato. Comer. Hablar. Pasar una buena noche juntos. —La aspereza en su voz ya responde por sí sola. Nunca vamos a ser amigos.

—¿Y de qué serviría? —se me escapa una risa breve y amarga. Exhalo y alzo la mirada hacia sus ojos castaños, incapaz de impedir que mi voz se ablande—. Sabes que no hay forma de volver a ser normales. No nosotros. —No yo.

Su brazo queda a la altura de mi cara, y el aroma de su gel de ducha me golpea como una avalancha de recuerdos que preferiría no revivir.

—Entonces no podemos ser amigos y tampoco

podemos ser pareja —dice con sequedad—. ¿Existe algún punto intermedio en el que no tengas que tratarme como si estuviera muerto?

Es obvio que Sebastian no va a dejarme salir así nada más y, siendo sincero, no tengo energía para una discusión que me desarme todavía más. —Si se me ocurre algo, te aviso. —Le doy la espalda y camino hacia la cocina, siguiendo el sendero de pequeñas alfombras rosadas en forma de margarita que tanto le gustan a Tanya.

Las caras de mis dos amigos están tan rojas que deben sentir la piel arderles. Jamás había visto a Felix sonrojarse, y con su color de pelo, la verdad es que no le favorece nada. Saco una gaseosa del refri y, mientras la destapo, les lanzo una mirada cargada de advertencias. El sermón se los guardo para cuando estemos solos.

—¿Qué hago? —gruño, y dejo que Tanya me empuje hasta la barra para que pele papas y corte pimientos y zanahorias. Mantengo la vista fija en lo que hago y empiezo a obedecer sin protestar. Son un par de horas, nada más, me repito. Voy a sobrevivir y después rechazaré cualquier invitación durante meses, hasta que este caos que llevo dentro se aquiete un poco.

Aunque trabajo con la cabeza baja, siento cómo el cuerpo de Tanya se tensa a mi lado. Sebastian debe estar cerca, tal vez en la puerta. ¿Ahora le da miedo entrar? Resoplo.

Tanya deja el cuchillo en silencio y se acerca a la

entrada. Susurra algo con tono preocupado, pero no alcanzo a distinguir todo. Solo capto que Sebastian está pensando en irse. Felix, frente a mí, masajea el pollo crudo con una mezcla rojiza de especias y observa la escena por debajo de las pestañas, negando apenas con la cabeza. Por favor, más obvios no pueden ser.

—Ay, por Dios —suelto, sin levantar la vista ni dejar de destrozar zanahorias—. Te invitó a cocinar con nosotros, así que toma un cuchillo y haz algo útil.

Un silencio espeso cae sobre la cocina y sé que todos me miran como si hubiera perdido la cabeza. Pongo los ojos en blanco y alzo la vista justo cuando Sebastian cruza la cocina y se detiene cerca de Felix. No deja de mirarme. Con cautela. Supongo que esto es ese famoso punto intermedio: el estado raro de esta amistad imposible en el que no finjo que está muerto.

—¿Puedes sostener el pollo un momento mientras lo relleno? —dice Felix al fin, rompiendo la tensión. Le encaja el pollo boca abajo en las manos a Sebastian.

Sebastian reprime una sonrisa ante el comentario, y yo tengo que obligarme a no salir huyendo. La imagen me aprieta el pecho y aviva un calor que no quiero sentir. No logro apagarlo, así que me concentro todavía más en cortar verduras mientras Sebastian sostiene las patas del pollo para que Felix pueda rellenarlo sin problemas.

La tensión se diluye rápido gracias a Felix, que empieza a bromear con Tanya como si nada. No pierde ocasión de robarle un beso al pasar o de mordisquearle el cuello. Ya los había visto así antes de que fueran pareja, así que ahora tampoco me incomoda. Lo único que cambió es que yo ya no puedo morderle el cuello a Tanya, y la verdad es que eso está perfectamente bien.

Lo que no está bien son las miradas constantes de Sebastian hacia mí. Me obligan a ser consciente de cuánto me esfuerzo por no mirarlo… y de lo mal que me sale. Después de casi una semana borrándolo de mi vida, resulta extrañísimo tenerlo a apenas dos pasos. Aunque no lo mire, lo siento. Su presencia me rodea, me presiona, como si me suplicara que diga algo. Pero ¿qué podría decirle? ¿Que cada vez que pienso en él siento que el corazón me sangra otra vez? Porque esa es la verdad. Y aun así no cambia nada. No estoy hecho para amar a un hombre. Nunca lo estaré. No en este mundo.

Así que cuando nuestras miradas vuelven a cruzarse por encima de la isla de la cocina, me trago el anhelo que me sacude por dentro, tenso la boca y llevo la tabla con las verduras picadas hasta donde Tanya quiere acomodar el pollo sobre ellas en la bandeja.

Un paso a la vez. Mantenerme ocupado. Así es como sobrevivo.

Mientras lavo la tabla y el cuchillo, ella clava el sacacorchos en una botella de vino. Su gruñido al intentar sacar el corcho hace que todos levantemos la vista.

—¿Jugando a ser Hulk? —la molesto.

—Necesito vino para la salsa —responde Tanya,

forcejeando.

Me seco las manos con el trapo y, justo entonces, Felix se coloca detrás de ella y le aprieta el brazo por encima, provocándola. —¿Fuerza de hada? —se burla. Ríe y estira el brazo por delante de ella para quitarle la botella y el sacacorchos—. Deberías haber entrenado más con Raff en vez de dejar que te patearan el trasero siempre.

La imagen me arranca una sonrisa y, al pasar junto a él rumbo a la isla, le lanzo una mueca desafiante. —Cuando quieras vienes y te lo pateo yo.

En ese mismo instante suena el pop del corcho al salir y siento un estallido en la mandíbula derecha cuando el codo de Felix me impacta con la fuerza del tirón. El dolor me cruza la cara como un rayo.

Pierdo el equilibrio y, aturdido, me tambaleo contra la encimera hasta el fregadero, donde escupo sangre. Por suerte, todos mis dientes siguen en su sitio. Paso la lengua por el labio y hago una mueca. Un corte bonito en el labio inferior, latiendo como si tuviera vida propia.

Felix me da una palmada en el hombro. —Perdón, amigo… —dice, casi llorando de la risa.

Sí, claro.

Definitivamente esta es mi noche de mala suerte. Me enjuago la boca con agua fría y limpio el fregadero.

—¿Tu primera pelea de verdad, Islandia? —escucho la risa de Sebastian desde el otro lado de la cocina. La verdad es que yo también me habría reído si le hubiera pasado a uno de mis amigos. O a él.

Solo Tanya se queda a mi lado, pálida como si me hubieran partido en dos. Le sonrío, aunque el labio hinchado me tira. —Estoy bien.

Ella asiente y se aparta para dejar espacio a Sebastian, que abre el congelador y saca un paquete pequeño de arvejas congeladas. Cierra la puerta, lo envuelve en un trapo y se acerca para presionarlo contra mi mandíbula. Con la otra mano me sujeta en el hueco entre el cuello y el hombro, obligándome a quedarme quieto. No duda ni un segundo. Precisión pura. Y una mirada demasiado suave.

Trago saliva.

No sé qué me impide apartarme. Tal vez que me supera en fuerza, o que el frío contra la piel se siente increíble sobre la zona que late, pero me quedo rígido frente a él, luchando con todas mis fuerzas por no perderme en sus ojos.

El dolor del labio queda eclipsado por los latidos de mi corazón y, de pronto, la cocina parece vacía. Desde la sala llegan risitas; Felix seguramente está mordisqueando a Tanya con una copa de vino en la mano. Estoy convencido de que se fueron para dejarnos solos, no para buscar privacidad ellos.

—¿Te duele menos? —pregunta Sebastian en voz baja, rompiendo el silencio.

Asiento. Ahora siento con más claridad el calor de su mano en mi cuello. Levanto la mía para apartar el paquete de arvejas y cortar este momento que se está volviendo demasiado intenso, pero él desliza el pulgar por mi mandíbula sana y me eriza la piel. Su mirada baja a mis labios. No sé si observa la herida... o algo completamente distinto que desea. Cuando se pasa la lengua por el labio inferior, la respuesta deja de ser un misterio.

—Estoy bien —digo, intentando que mi voz no suene ronca—. Ya puedes soltarme.

—Lo sé... —murmura. Sus manos siguen ahí, una en mi cuello, la otra sobre el paquete helado debajo de la mía. En sus ojos hay un anhelo tan evidente que quiero apagarlo por mi propio bien. Maldición.

Inhalo profundo. Si Sebastian de verdad quiere que esta noche funcione, que podamos compartir el mismo espacio sin destruirnos, no puede mirarme así. Y lo sabe.

Despacio, aparto su mano de mi cara y ambos brazos descienden al mismo tiempo. —¿Podrías dejar de mirarme como si llevaras toda la noche pensando en nuestro último beso?

Él deja caer el paquete al fregadero y, en su lugar, entrelaza nuestros dedos. Con la otra mano sigue acariciándome el cuello. Sus ojos son un fuego castaño que me arde por dentro. El corazón me golpea con una desesperación casi dolorosa cuando se inclina hacia mí, centímetro a centímetro, y susurra: —¿Puedes?

La garganta se me cierra al tragar saliva, porque la verdad es que no lo sé. Y, aun así, mis dedos se clavan en el dorso de su mano, apretándolo con una fuerza que no controlo.

Tal vez animado por mi falta de resistencia, su mirada baja otra vez de mis ojos a mi boca antes de rozar con suavidad la punta de su nariz contra la mía. Dios, huele tan bien. Sus dedos ejercen una presión leve en mi cuello que solo me deja una dirección posible. —Te quedaste con mi camiseta, Raffael —murmura sobre mis labios—. ¿Por qué?

Bajo la mirada. No quiero contestar.

No quiero besarlo.

No quiero apartarlo.

Y tampoco quiero estar aquí.

—Titanio —la palabra se me escapa en un susurro, porque sé que jamás cruzará esa línea. Al instante siguiente su mano abandona mi cuello. Nuestros dedos se deslizan despacio hasta separarse y pierdo lo único que me estaba sosteniendo. A él.

Y todo vuelve a doler. Más que antes.

Con esfuerzo levanto la vista. Sebastian ha dado un paso atrás y se apoya en el borde de la encimera, como si necesitara sostenerse. Tiene el rostro pálido, pero respira como alguien que acaba de correr diez kilómetros. —Lo siento —dice con la voz rasposa.

Sé que lo siente. Se le nota en cada músculo tenso, como si no hubiera podido evitar avanzar un paso de más. Probablemente no vino con la intención de ponerme otra vez en esta situación. Pero ese es justo el punto que intento hacerle entender. —Por eso una amistad entre nosotros no puede funcionar, Sebastian —tengo que tomar aire antes de añadir, en la voz más frágil que me he oído usar—. Porque siempre vas a intentar hacerme cambiar de opinión.

Me vas a tocar.

Y yo voy a caer.

Se queda inmóvil y sé que en ese momento lo entiende. La verdad le golpea en los ojos con una claridad dolorosa. Que no hayamos sido pareja no tiene nada que ver con lo que pasó entre nosotros. Lo que vivimos en Eastbourne, cada límite que crucé, fue perfecto para ese instante.

Siempre lo voy a amar.

Pero no debo.

Y él no puede obligarme a querer una relación con él.

El silencio se estira hasta volverse insoportable y desearía haberle dicho a Tanya que no podía venir, inventar un dolor de cabeza, cualquier excusa. Estoy a punto de decidir que me iré temprano cuando dos pitidos simultáneos rompen el aire y nos hacen arquear las cejas. Si solo hubiera sonado el mío lo ignoraría, pero como a los dos nos llegó el mensaje al mismo tiempo, sacamos los teléfonos y miro hacia la sala por la puerta. ¿Habrá sido Tanya, comprobando si ya puede volver?

—Elliot —dice Sebastian, abriendo WhatsApp primero.

Tiene razón. Elliot Northrob nos metió en un pequeño grupo a los tres.

Elliot
¿Carrera el miércoles?

Está claro a qué carrera se refiere, o no nos habría

mencionado a los dos. Pero el corazón me da un vuelco en cuanto leo el mensaje y entiendo que, haga lo que haga, no hay manera de esquivar a Sebastian en el futuro. Es parte de mi mundo: misma ciudad, misma comunidad runner, mismo círculo de amigos. Tanya ya lo metió en nuestro núcleo más cercano. No hay escapatoria.

Cuando levanto la vista, él ya me está mirando. En sus ojos hay una pregunta que no sé cómo responder. Siento la garganta seca.

Debe notar que ahora mismo no puedo hablar con él sobre si quiero correr o no. Al menos no en voz alta. Así que escribe primero y, cuando mi celular vibra, tomo aire antes de leer y contestar.

Sebastian
Si Raff quiere.

Yo
Claro.

Elliot responde con un pulgar arriba y dice que a principios de la próxima semana nos pasará los detalles. No es que me emocione la idea, pero nunca he sido un aguafiestas, así que el miércoles será. Guardo el teléfono y rodeo la isla de la cocina para poner algo de distancia entre Sebastian y yo. Si quiero salir ileso de esta noche, necesito aire. Y él no me lo está poniendo nada fácil.

Tampoco ayuda quedarme a solas con él aquí, así

que levanto la barbilla y grito hacia la sala: —Dejen de acabarse el vino y vuelvan. Alguien tiene que encargarse del pollo.

Desde la otra habitación llegan más risitas antes de que Felix y su novia regresen a la cocina, con los dedos entrelazados. Tanya se suelta de él y me rodea la cintura por detrás. Apoya la mejilla entre mis omóplatos y, con una vocecita infantil y burlona, susurra: —Yo me encargo de ti, pichón. —Y, carajo, me hace reír.

—Quítame de encima a tu novia impertinente —le pido a Felix, esperando que me rescate, pero él solo me guiña un ojo por encima del hombro.

—Siempre puedes patearle el trasero si no te gusta cómo se porta.

Ignoro el gruñido indignado de Tanya, le tomo la mano y la jalo hacia delante. La atrapo con un brazo demasiado apretado alrededor de su cuerpo y, con el otro, le tiro suavemente del cabello para obligarla a alzar la cabeza hasta que su barbilla queda apoyada en mi pecho. —¿Escuchaste eso? —arqueo las cejas con picardía—. Dijo que puedo.

—Hazlo y te meto una mofeta asustada en tu Corvette.

—Puaj. —Hago una mueca y la suelto para que, de una vez por todas, se encargue del pollo en el horno en lugar de seguir molestándome. Cuando sigo su movimiento con la mirada y, en el trayecto, me topo con Sebastian, lo encuentro sonriéndonos por la escena. Y otra vez, verlo así me recuerda cuánto lo extraño. Cuánto extraño nuestros momentos ligeros, sin peso encima.

Pero eso no cambia nada.

Bajo la vista y me concentro en picar lo siguiente que Tanya me pasa. Esta vez, cebollas.

Cuando todo está listo, el pollo dorado y jugoso, y hasta una variedad de ensaladas alineadas sobre la mesa, nos sentamos en el comedor mientras Felix trincha el ave. El ambiente se afloja mientras comemos. Sebastian y yo conversamos bastante con nuestros anfitriones, aunque entre nosotros casi no cruzamos palabra. Nos reímos de los chistes. Y pronto me doy cuenta de lo hambriento que estoy, porque en los últimos días apenas he probado bocado, cuando repito plato de esa comida increíble.

La velada avanza con naturalidad y, por una vez, se siente bien no estar solo. Por un instante diminuto, me permito estar bien. Me permito ser feliz.

Pero eso también cambia después de la cena. Mientras los cuatro recogemos y lavamos los platos, Sebastian se vuelve más callado. Sus miradas en mi dirección se vuelven más frecuentes y, cada vez que lo sorprendo observándome, hay algo oscuro en su expresión. Maldición, yo creía que el que andaba ensombrecido era yo. Empieza a inquietarme no saber qué le está pasando por la cabeza.

Se acercan las once y, sin duda, Tanya ha bebido suficiente vino como para dormir como un tronco esta noche. Decido dar por terminada la velada y me despido de ella y de Felix. Sebastian se pone los zapatos al mismo tiempo que yo, así que asumo que nos iremos juntos. Al instante me pregunto si ha estado esperando justo este momento, la última oportunidad de hablar a solas conmigo. Pero la pasé bien esta noche. Puedo concederle esos dos minutos.

Ambos abrazamos a Tanya y le agradecemos la invitación y la comida deliciosa. Ella nos dedica una sonrisa achispada, con la mirada perdida que intenta enfocar algo y no lo logra. —Esto estuvo tan bien —exclama—. Deberíamos hacerlo costumbre, como… una vez por semana. Solo tú, y tú, y tú —nos señala a cada uno por turno y termina apuntándose al pecho con el pulgar— y yo.

Automáticamente, mi mirada incómoda salta hacia Sebastian y vuelve a ella. —Sí… no. No creo que sea buena idea —hago una mueca, aunque le sostengo una sonrisita a Tanya. Y quizá también a Sebastian, porque soy demasiado consciente de lo brusca que sonó esa negativa. Aun así, sé que me entiende.

—Duerme bien, pequeña —le digo a Tanya, y le doy un golpecito suave en la barbilla con los nudillos para desarmar su puchero. Luego choco el puño con Felix y él le da una palmada en la mano a Sebastian.

La puerta se cierra a nuestras espaldas cuando salimos, y Sebastian y yo nos quedamos solos en el pasillo. No hay manera de no mirarlo. Sus ojos brillan bajo la luz amarillenta del corredor. Maldición, el silencio puede ser despiadado.

Alzo la vista al techo un segundo y suelto el aire en silencio cuando él se aclara la garganta y por fin empieza a bajar las escaleras. Con suficiente distancia entre los dos como para sentirme a salvo, lo sigo, con la mirada clavada en su nuca.

Al llegar a la planta baja, todavía va unos pasos delante de mí. De pronto se da la vuelta y empieza a caminar hacia atrás, con las manos metidas en los bolsillos y una sonrisa tensa dibujada en la boca. —Entonces no quieres repetir esta noche porque te da miedo que en algún momento te bese… —se detiene, baja la barbilla y sus ojos adquieren un brillo oscuro, casi ladino—. ¿O porque sabes que en algún momento el que va a besar eres tú?

¡¿Qué carajos?! Me cuesta no atragantarme con mi propia saliva. Paso a su lado y me obligo a mantener una expresión despreocupada. —Sigue soñando —le suelto entre risas antes de empujar la puerta principal, agradecido por la brisa nocturna que enfría mi cara demasiado caliente.

Su Honda blanco está estacionado al otro lado de la calle. Por suerte, el Corvette está en dirección contraria y podemos separarnos aquí mismo. Ya es hora de que esta noche termine. No sé cuánto más aguanto su presencia sin empezar a considerar en serio lo que acaba de insinuar. —Buenas noches, Sebastian —le digo por encima del hombro cuando sale detrás de mí, y me alejo calle arriba.

No me devuelve la despedida, y eso, de una forma extraña, deja la noche suspendida, inconclusa. Es más, no escucho sus pasos. Debería estar cruzando hacia su auto. Un escalofrío me sube por la nuca.

Di algo, maldita sea. Dime buenas noches y déjame ir, le ruego en silencio a las estrellas. Necesito cerrar esto. Ahora.

Pero no me concede esa paz. Bueno, al diablo. Tres pasos hasta mi auto. Saco el control y desbloqueo las puertas. Las luces parpadean una vez, como un saludo tibio. Agarro la manija.

—Te reto, Raffael.

Y el aire se me queda atrapado en los pulmones.

Como si alguien hubiera puesto pausa a la película que es mi vida, me quedo inmóvil junto al Corvette, mirando al vacío por encima del techo. ¡Vete al diablo, Sebastian! La mano se me resbala de la manija y cruzo los brazos sobre el marco del auto, apoyando la frente en ellos. ¿Por qué no puede dejarme en paz?

—¿Eres un cobarde? ¿O eres el tipo que yo creía?

Su voz llega desde varios metros detrás de mí. Seguro ni siquiera se movió de la entrada del edificio. Lentamente me doy la vuelta, inhalando hondo para contener la irritación. —¿Y quién se supone que creías que soy? —exijo, avanzando hacia él hasta atrapar su mirada con la mía. Odio lo cómodo que parece, con las manos todavía en los bolsillos de sus jeans rotos y esa sonrisa de superioridad que le brilla en los ojos.

—Hubo un tiempo en que pensaba que eras alguien capaz de arriesgarse para vivir la vida en toda su intensidad.

—¿Arriesgarme? —suelto una risa incrédula y cruzo los brazos sobre el pecho cuando me detengo a un metro de él. La molestia vibra clara en mi voz, lejos de cualquier calma—. Entonces dime, Sebastian, ¿qué riesgo quieres que tome?

Lentamente alza una ceja y la deja caer. La sonrisa ladeada se le desliza de los ojos a la comisura de la boca.

—¿Te parece gracioso? —No voy a caminar por la ciudad de su mano, anunciándole al mundo que somos pareja. Ni siquiera pienso besarlo a escondidas.

Su sonrisa se entibia apenas. —Un poco.

—Pues a mí no. —No hay ni una pizca de suavidad en mi cara ni en mi voz—. Así que dime de una vez qué demonios quieres de mí para poder irme a mi casa.

Sebastian pierde la sonrisa y toma aire por la nariz, con los labios tensos. Los hombros se le hunden un poco. —Está bien. Aquí va el trato. Si ganas la carrera de la próxima semana, te quedas con mi auto.

¿Perdón? —¿Me estás ofreciendo el Honda? —Bajo los brazos, atónito, y me paso la mano por el cabello, echándolo hacia atrás.

Sebastian no pierde la calma. —Si ganas, sí.

Me muerdo el interior del labio mientras intento recomponerme. —Lo siento, pero el Corvette ya no está en juego. —Engancho los pulgares en las presillas de mis jeans y me recargo contra el edificio, doblando una pierna y apoyando el pie en la pared. El cinismo vuelve a teñir mi voz—. Ya lo aposté una vez. Y sabemos cómo terminó eso.

Su expresión se endurece por completo. —No es tu auto lo que quiero.

Claro. Siempre he sido yo, ¿verdad?

—Y no estoy diciendo que tengas que besar al ganador —añade cuando, al parecer, interpreta el giro de mis ojos.

Lo miro con desconfianza, ladeando la cabeza y cruzando otra vez los brazos sobre el pecho. —Entonces, ¿qué?

—Si yo gano —hace una pausa y me sostiene la mirada con una intensidad que me eriza la piel—, vas a leer y responder cada mensaje que te envíe en el futuro.

Jesús. Casi me río, pero no me atrevo. Está demasiado serio. —¿Y si no acepto?

Sebastian se encoge de hombros con indiferencia. —Entonces no hay carrera. Tú decides si quieres decirle a Elliot y a los demás que te echaste para atrás… o inventarles una excusa.

Maldito bastardo.

—¿Y bien? —insiste, saboreando claramente su ventaja—. ¿Cuál es tu respuesta?

¿Por qué no puede dejarme en paz de una vez? Yo ya había terminado con él. Con todo esto. Estaba empezando a seguir adelante. Después de esta noche, estaba convencido de que algún día dejaría de pensarlo. De extrañarlo.

Pero él, al parecer, no.

Con una ceja arqueada, me desafía a hablar.

—Sinceramente, tienes que estar loco para arriesgar tu auto por la posibilidad de unos mensajes ridículos.

Con dos pasos tranquilos, Sebastian se acerca tanto que el aire se me atasca en el pecho. Quiero retroceder, pero la pared en mi espalda no me lo permite, y de inmediato me envuelve el aroma de su loción. Apoya una mano contra la pared, a la altura de mis ojos, cerrándome el paso. Su boca queda junto a mi oído del otro lado, y su voz arrastrada me roza la piel. —No pienso perder.

Un escalofrío me recorre entero.

Cuando se endereza, veo el brillo decidido en sus ojos. Inclina la cabeza con picardía y levanta una comisura en esa sonrisa torcida que me desarma. —Nos vemos el miércoles, Raff. —Luego se da la vuelta y cruza la calle.

Me separo de la pared y doy un paso hacia delante, pero me detengo, con la cabeza hecha un torbellino. —¿Así que eso era lo que te tenía tan callado estas últimas horas? —le lanzo.

Sin frenar, Sebastian gira y empieza a caminar hacia atrás con una sonrisa provocadora. —Cuidado, copito. O voy a pensar que tú también me estuviste mirando toda la noche. —Me guiña un ojo y, tres segundos después, ya está al volante de su auto, alejándose a toda velocidad.

Y yo me quedo ahí, luchando por volver a respirar.

CAPÍTULO 4

Sebastian

—¿Puedes enviarme por correo los planos de la casa? —le pregunto a Claudia. Pongo el celular en altavoz y lo dejo sobre la mesa de centro. Mi departamento es un desastre. Es hora de arrasar con todo como un tornado. Aquí… y en mi vida también.

—Claro. ¿Ya encontraste un arquitecto en Londres?

—Sí —respondo mientras acomodo los cojines del sofá—. Phil Scott & Sons me parece un buen punto de partida. Me gusta su portafolio… —Maldita sea.

Casi me voy de boca con dos latas vacías de Sprite junto al sillón. Las recojo y las tiro a la basura. El fregadero está lleno de vasos sucios que llevan dos días suplicando que los lave, y la mayonesa sigue fuera del refrigerador. —A ver si logran convertir tu casa en un espacio más luminoso.

Del otro lado se hace un breve silencio antes de que en la voz de Claudia se dibuje una sonrisa.

—Suena a que hoy estás de muy buen humor. ¿La pasaste bien anoche con Raff y los demás?

Le había dicho a mi hermana que aceptaría la invitación de Tanya para cocinar y cenar con ellos. Seguro pasó media noche esperando un mensaje mío contándole cómo me había ido. Ni me acordé de escribirle. En parte porque después me quedé horas tirado en la cama, con los brazos detrás de la cabeza, sonriéndole al techo como un completo idiota. Raff puede haber pensado que bajarse de mi auto e ignorar mis mensajes toda la semana bastaba para terminar conmigo. Pues no. Esto está lejos de acabarse.

—La mejor de todas —respondo, sin poder evitar la sonrisa—. ¿Y sabes qué? —Tomo la sudadera negra, gastada, del apoyabrazos y la huelo. Hago una mueca—. Uf. Directo a la lavadora. También tengo manchas secas de Sprite en los pants. Dios… ¿en qué me convertí esta última semana?

—¿Qué? —exige Claudia, y de fondo escucho a Michelle aporreando su xilófono.

Lanzo la ropa apestosa sobre el montón de calcetines y camisetas tirados en el piso y me quedo plantado, con las manos en la cintura, mirando el celular con determinación.

—Es hora de recuperarlo.

Raffael tuvo una semana entera para digerir el shock y volver a ponerse de pie. Fui paciente. Le di espacio para que saliera de su escondite. Y aun así se niega. No me queda otra que tomarlo de la mano y sacarlo yo mismo.

—¡Woohoo! ¡Ese es mi hermanito! —celebra Claudia al otro lado—. A ver, ¿qué pasó para que despertara otra vez tu espíritu guerrero?

Levanto el teléfono de la mesa, quito el altavoz y me lo llevo al oído.

—Anoche casi nos besamos.

—¿Hicieron qué? —se ríe—. ¿Y cómo demonios pasó eso?

—No importa. —Camino hasta la ventana y alzo la vista al cielo azul intenso—. El punto es que pudo apartarse. Pudo decirme que me fuera al carajo y que no lo tocara. Pero no lo hizo.

—¿Entonces lo besaste?

—No. Usó su palabra de seguridad conmigo.

Me la imagino frunciendo el ceño al otro lado, desconcertada por mi tono.

—¿Y eso es mejor que mandarte al carajo?

—Mucho mejor. Absolutamente. Pero está claro que no ves el punto. —Raff lo sepa o no, eso significa que seguimos en el juego. ¿Te acuerdas cuando te conté que su amigo sugirió que exploráramos su nueva sexualidad juntos en su sala de juegos? Porque es un lugar que no cambia nada para siempre si descubre que no es lo suyo.

—Sí… ¿y?

—Bueno, acaba de ampliar la sala de juegos.

Claudia guarda silencio unos segundos mientras procesa lo que acabo de decir. Yo cierro los ojos y lleno los pulmones, dejándome invadir por la esperanza.

—Puede que tengas razón —dice al fin, con una suavidad poco habitual—. Pero ten cuidado con Raffael. Sigue siendo frágil.

—Lo haré. —Abro los ojos de nuevo y, con una sonrisa contenida, desafío al sol a brillar más fuerte que mi entusiasmo—. Pero esta vez no pienso rendirme.

*

El lunes por la mañana, antes de irme al gimnasio, abro la laptop y me pongo a hacer llamadas. Claudia me envió el domingo los planos de la casa, así que me instalo en el sofá y acerco la computadora a la mesa de centro. Es brillante; además de los planos, adjuntó fotos de la sala por dentro y por fuera. En otra pestaña abro la página de Phil Scott & Sons, que guardé ayer. Me parecen la mejor opción para este trabajo, así que marco el número que aparece en la sección de contacto y espero.

—Hola. Estudio de arquitectura Phil Scott & Sons, habla Noah Scott. ¿En qué puedo ayudarlo?

Habla rápido, como quien repite esa frase veinte veces al día. No alcanzo a procesar todo el saludo, pero hay algo en su voz que me resulta inquietantemente familiar y me hace fruncir el ceño.

—Hola. Encontré su número en su página web. Mi hermana tiene una casa en Eastbourne y quiere ampliar la sala para convertirla en un solárium. ¿Ustedes elaboran los planos para un proyecto así?

—Eh… sí, claro. —De pronto suena un poco desconcertado. Hace una pausa breve y luego pregunta, completamente fuera de contexto—. Disculpe, ¿puedo saber su nombre, señor?

Con el correo de mi hermana abierto frente a mí, me recuesto y fijo la vista en una pequeña astilla en la esquina superior derecha de la pantalla.

—Sebastian Rhyse.

—Sebastian… —repite, saboreando mi nombre. Cuando vuelve a hablar, se le nota una sonrisa en la voz—. ¿Puede ser que lo conozca?

Noah Scott. Noah Scott. Noah Scott. Carajo, ¿de dónde me suena?

Me rasco la cabeza.

—Tengo que admitir que su nombre también me resulta familiar.

—The Knockout. Hace dos semanas. Usted estuvo ahí, ¿no? Es amigo de Raffael Björnsson.

Se me abren los ojos de golpe.

—Mierda. ¿Eres el tipo al que le coqueteé en el club?

—Y casi me llevas a tu auto —se ríe Noah—. Menos mal que no estabas tan borracho como para olvidarte de mí por completo.

La sorpresa inicial se me diluye en un tono más tranquilo.

—No estaba borracho.

—Qué suerte. Yo sí estaba completamente ebrio. —Se aclara la garganta con rapidez, aunque su voz conserva un matiz cercano—. Pero aquí en la oficina no se bebe. En Scott's somos muy profesionales.

—Phil Scott & Sons, ¿eh? —Me hundo en el cojín del sofá y apoyo los pies en el borde de la mesa de centro—. Así que tú eres uno de los hijos.

—Uno de ellos, sí. Mi hermano Aaron ya trabaja a tiempo completo con mi papá. Yo estoy haciendo una pasantía durante las vacaciones de verano de la universidad. —Vuelve a reír—. Con suerte, en un par de años mi viejo me dejará hacer algo más que contestar el teléfono. —Se oye el roce de papeles cuando retoma el tono formal—. Entonces, Sebastian, ¿qué podemos hacer por usted? ¿Mencionó una ampliación de la sala?

—Sí, en la casa de mi hermana. Nada demasiado complicado. Solo queremos que entre más luz y que el bebé tenga un espacio agradable para jugar.

—Perfecto. Claro que podemos encargarnos. ¿Sabe de qué material es la construcción? ¿Y su hermana tiene alguna preferencia? Por ejemplo, estructura metálica, combinación con ladrillo, o algo más en madera.

Aunque todavía es estudiante, Noah habla con seguridad, y eso me confirma que elegí bien la empresa. Le explico todo lo que sé y anoto su correo para enviarle los planos y las fotos. Me pide que incluya también algunas imágenes de referencia de solariums que le gusten a Claudia, para tener una idea clara de lo que busca.

—De acuerdo. En cuanto reciba todo, me pondré a trabajar y se lo presentaré a mi padre —dice con tono impecablemente profesional—. Un primer borrador debería estar listo la próxima semana. ¿Podría pasar el lunes o martes para revisarlo?

La semana pasada casi no fui a trabajar, así que tendré que recuperar horas el resto del mes.

—¿Hasta qué hora tienen abierta la oficina?

—Cerramos a las cuatro.

—Mierda. —No voy a salir del trabajo antes de las cinco durante las próximas semanas.

—No pasa nada. Si quieres, puedo ir después de tu horario y llevarte todo para que lo revises con calma.

—La verdad, eso me vendría perfecto. —Brindo mentalmente por las ventajas de las conexiones personales. Definitivamente le coqueteé al tipo indicado.

—¿Qué día te queda mejor?

—Cualquiera. Voy a estar en casa después de las seis toda la semana, así que pasa cuando te acomode.

Le doy mi dirección y él me comparte su número personal. Luego colgamos y me preparo para salir.

El día transcurre rápido y sin sobresaltos, lo que me deja demasiado tiempo para darle vueltas al sábado y a lo que realmente implica que Raffael no haya rechazado mi propuesta. Sabía que el Honda sería una tentación irresistible, sobre todo porque él no arriesga su propio auto. Puede que crea que unos mensajes tontos jamás compensarán el apego emocional, por no hablar del dinero, que yo he invertido en mi coche. Pero ahí se equivoca.

Los mensajes son apenas el inicio. No he perdido a Raffael, no cuando todavía puedo descolocarlo con solo acercarme un poco. Lo único que necesito es otra oportunidad para llegarle. Escribirnos significa compartir tiempo, aunque estemos a kilómetros de distancia. Significa mantenerme presente en su mente. Ya le gané el corazón una vez. Puedo hacerlo de nuevo. Primero tengo que cruzar esta maldita meta. Y confiar en que Raffael no decida abandonar la carrera antes de llegar al final.

A las cinco me meto a la ducha, me cambio y salgo rumbo a casa. Después de la comida espectacular en lo de Tanya el fin de semana, recuperé el apetito por completo, así que paso por comida tailandesa para llevar.

Ya en mi departamento, me atiborro de fideos frente a un episodio de The Witcher en Netflix y los bajo con demasiada Sprite. Carajo, cómo terminé amando esta bebida. Gracias al cielo no tengo problemas con el azúcar. Aunque, si sigo tragándome esto así, podría empezar a tenerlos.

Llevo el plato a la cocina, lo meto al lavavajillas y vuelvo al sofá. Entonces tomo el celular de la mesa porque la luz azul de WhatsApp parpadea. Espero que sea Claudia pidiendo noticias de los arquitectos, pero se me acelera el pulso cuando veo que es un mensaje de Elliot Northrob en nuestro pequeño grupo de tres.

Elliot
Miércoles. 11 p. m. Estacionamiento Wick Ln. / St. Marks Gate. ¿Siguen dentro?

Tecleo las coordenadas en Google Maps para ver la ubicación. Parece que la vuelta será alrededor de Victoria Park. Nada mal. Los puntitos que aparecen en la pantalla me indican que Raffael está escribiendo. Y mierda, se está tardando demasiado. Solo espero que no le esté diciendo a Elliot que se baja porque al final decidió no aceptar el trato. Dios, no haría algo así, ¿verdad?

Los segundos se alargan. Y Raffael sigue escribiendo…

El corazón me late en la garganta hasta que por fin aparece su mensaje. Son apenas dos palabras.

Raffael
Voy.

Cierro los ojos con fuerza, me dejo caer hacia atrás y suelto el aire en un suspiro largo mientras me paso las manos por la cara. Santo cielo, este tipo sabe exactamente cómo ponerme los nervios de punta. Pensándolo mejor, estoy seguro de que esa no era su primera respuesta y la borró. Aliviado de que, aun así, acepte el trato, escribo mi propio mensaje en el grupo.

Yo
Nos vemos el miércoles.

Está claro que, después de los dos pulgares arriba de Elliot, no habrá más mensajes. Mucho menos de parte de Raff. Escribir en este grupo es escribirme a mí, y después de lo que pasó el sábado, dudo que tenga ganas de dirigirme la palabra, ni siquiera para dejar las cosas claras.

Paso el resto de la noche investigando en Google el posible circuito alrededor del parque, memorizándolo como si fuera un examen. La distancia exacta. El ángulo de las curvas. Me serviría saber en qué sentido planea mandarnos Elliot, pero como no dio ningún detalle, decido que el martes por la noche daré varias vueltas en ambos sentidos para familiarizarme con el trayecto.

Cuando oscurece todavía hay bastante tráfico, y me pregunto qué demonios tendrán preparado Elliot y su amigo asiático, Master B, para despejar las calles mañana. La adrenalina empieza a filtrarse por mis venas cuando regreso a casa y me meto en la cama. Conozco el circuito. Conozco mi auto. Incluso con el tráfico pesado de un martes por la noche, puedo completar la vuelta en menos de diez minutos. Esta es mi única oportunidad y, por lo que más quiera, no voy a desperdiciarla.

El sábado, Nikki anunció oficialmente la carrera en el grupo y compartió el enlace a la página donde Master B habilitó las apuestas. De vez en cuando entré a mirar cómo iban las cosas, solo para ver por quién se inclinaba la mayoría.

La mañana de la carrera ya hay 489 apuestas registradas, y el 53 por ciento está convencido de que ganará el del Corvette gris carbón. Sonrío. Un 47 % apuesta por mí. Nada mal.

Durante todo el día, mi mente repite en bucle la vuelta alrededor de Victoria Park. Estoy tan desconectado de la realidad que Tobias y Carl, los chicos con la membresía de seis meses, tienen que tocarme el hombro para que reaccione, porque, al parecer, ignoré tres veces sus llamados.

Les ayudo a ajustar los pesos en la máquina de espalda, le doy una mano a una chica con los abdominales y casi me aplasto la mano asistiendo a un tipo con la barra antes del mediodía. Perfecto. Sacudo los dedos y compruebo que todavía funcionan. Siguen respondiendo, aunque por la tarde ya se me marca un moretón violeta bastante feo en el dorso. Al agarrar la palanca de cambios camino a casa, el dolor punza un poco, pero lo ignoro. No puedo permitir que eso me afecte. Ni ahora ni esta noche.

Antes de salir otra vez de mi departamento, Claudia me llama. Sabe lo que significa esta carrera para mí y me desea suerte. Incluso Michelle se acerca al teléfono y me lanza un beso baboso mientras grita: —¡Vamos, Bash! —Seguro fue idea de Claudia; puedo oír su risa al fondo.

Después de prometer que pronto iré a visitarlas, me levanto del sofá y empiezo a prepararme. Me acomodo el cabello negro con un poco de cera y me abotono la camisa oscura que Raffael me devolvió la semana pasada. Como siempre, me arremango hasta los codos y dejo el primer botón abierto, dejando asomar apenas la camiseta gris que llevo debajo.

Cuando salgo y me subo al auto, soy dolorosamente consciente de que esta podría ser la última noche que conduzca el Honda. ¿Fue una locura ofrecerle mi coche a Raffael a cambio de unos simples mensajes? Probablemente. ¿Me arrepiento? Ni un poco.

No había nada más en el mundo que Raff hubiera aceptado para que este trato funcionara. Es cierto que no estaba precisamente feliz cuando tuvo que cambiar el Corvette por el Honda, pero sin ese riesgo, el premio que puede llevarse es enorme. Le encanta mi auto, aunque siempre le recuerde la noche en que nos conocimos.

Y si decide no quedárselo, puede venderlo y sacar una buena suma. Gane como gane, él sale beneficiado.

Salvo por un pequeño detalle.

Va a perder.

No pienso dejar que gane esta carrera. Esta es mi noche. Mi única oportunidad de inclinar la balanza a favor de nuestra segunda oportunidad. Ni loco voy a cruzar la meta detrás de él.

Cuando llego al estacionamiento cerca de St. Marks Gate, todavía no son las once y el lugar está casi vacío.

Casi.

Bajo la luz pálida de dos farolas destaca un Corvette gris carbón. El motor apagado. Las luces también. No hay nadie dentro. Me acerco despacio y estaciono a su lado. Luego bajo del auto y observo alrededor. Apenas unos peatones cruzan por la zona. Fuera de algún coche aislado que pasa de vez en cuando, la ciudad ya se ha calmado. El ruido del día quedó atrás.

Frunzo el ceño, me acerco al Corvette y deslizo los dedos por el capó. Aún está tibio. No lleva aquí más de diez minutos. Me pregunto si Raff se habrá metido a algún bar cercano para esperar la carrera y miro por encima del hombro.

Entonces lo veo.

Sentado en el césped del parque, bajo una farola, con las piernas dobladas y los brazos apoyados con naturalidad sobre las rodillas. Tiene la cabeza recostada contra el poste, los labios marcados en una línea recta y los ojos fijos en mí.

CAPÍTULO 5

Sebastian

Con las manos hundidas en los bolsillos de mis jeans gastados, dejo atrás el estacionamiento y camino sin apuro hacia la reja de Victoria Park. Ya es de noche, pero las farolas dibujan una isla tibia de luz junto a la entrada. Raffael está sentado bajo una de ellas. No me saluda cuando me acerco; solo su pecho se infla en una respiración honda.

Ese suspiro puede significar cualquier cosa. Tal vez le alegra verme, aunque la expresión quebrada en sus ojos me hace dudarlo. Es más probable que quisiera que esta noche no existiera y no tener que correr contra mí dentro de media hora.

—Islandia… —murmuro, sin esperar respuesta. Y no la hay. Los ojos de Raffael no se apartan de mí ni un segundo. Me siguen como si temiera que fuera a desaparecer en cuanto me pierda de vista.

Me dejo caer en el césped frente a él, con el sendero de por medio. Estamos a la misma altura. Dejo que mi mirada recorra su rostro, baje por su cuello y sus hombros, continúe por sus brazos hasta sus dedos, entrelazados sin fuerza. Las mangas de su sudadera blanca están arremangadas hasta arriba, dejando al descubierto su piel nórdica, pálida bajo la luna.

Aunque no tengo una farola detrás, imito su postura. La tela de mis jeans rotos se tensa sobre la rodilla izquierda. Apoyo los codos en las piernas, descanso la barbilla en los pulgares y entrelazo los dedos frente a la boca. No hace falta hablar. Poder mirarlo otra vez lo es todo. Saber que está a apenas cuatro pasos.

Y que no está huyendo…

Su cabello rubio platino le cae sobre el ojo izquierdo, como tantas veces cuando estábamos juntos. A los lados y atrás lo lleva más corto que la última vez que nos vimos. Durante la cena en casa de Tanya, ella se ofreció a rapárselo. Por lo que entendí, no sería la primera vez. Evidentemente volvió con ella en algún momento entre el sábado pasado y hoy para aceptar la oferta. Le queda bien. Me dan ganas de pasarle los dedos por el pelo una vez más. Siempre me fascinó lo suave que era.

—¿Has sabido algo de Michelle últimamente? —pregunta en voz baja, bajo el cielo estrellado, arrancándome de mis pensamientos.

Tengo que tragar saliva antes de contestar, y aun así una sonrisa casi imperceptible se me dibuja en los labios. —Habla todo el tiempo del unicornio.

Raffael alcanza a notar mi sonrisa. También le llega a los ojos, aunque siguen teñidos de tristeza. ¿Recuerdos que duelen? Yo también sigo tarareando esa canción en mi cabeza.

Deja caer un brazo y pasa la palma abierta por el pasto, acariciándolo con suavidad. —¿Vas a verlos otra vez pronto?

Me encojo de hombros mientras pienso en mi última llamada con Claudia y en todas las horas que todavía debo recuperar en el gimnasio. —No lo sé. Tal vez en una o dos semanas.

Raffael asiente, pero no dice nada más. Después de un rato, me animo a preguntar con cautela: —¿Te gustaría venir conmigo?

Sus dedos se quedan inmóviles sobre el césped y su atención vuelve de golpe hacia mí. La suavidad desaparece de las comisuras de su boca. —Eso… —murmura con una firmeza apagada— sería una muy mala idea.

No estoy de acuerdo, pero sabía que respondería eso. Volver conmigo al País de las Maravillas y darnos otra oportunidad sería pedir demasiado… por ahora.

Raffael apoya los brazos en las rodillas y deja caer la frente sobre ellos, ocultando el rostro. Tengo la sensación de que esta conversación lo está drenando más de lo que debería. ¿Fue un error venir? Por un instante pienso en levantarme en silencio y dejarlo solo, pero entonces vuelve a alzar la cabeza y apoya la barbilla sobre los brazos.

—¿De verdad quieres seguir adelante con ese trato? —pregunta con la voz ronca, cansada, triste. Su mirada se clava en la mía y continúa sin darme tiempo a responder—. Sé lo que el Honda significa para ti. Pero no puedo dejarte ganar, Sebastian. No esta vez.

Dios, quiero arrastrarme hasta él y rodearlo con los brazos. Se ve tan devastado. Tan vacío de esperanza. Como si su alma y su corazón fueran demasiado frágiles para este mundo áspero que les tocó. Ojalá me dejara ayudarlo a encontrar su lugar. Mostrarle que eso que tanto anhela también puede ser real.

—Lo sé —digo en voz baja, bajando las manos y entrelazando los dedos—. Pero no se trata de que me dejes ganar, Raffael. No puedo perder. Esto es demasiado importante. Para los dos.

Durante varios segundos me observa, con la cabeza apenas inclinada hacia un lado. —Mensajes, ¿eh?

Asiento.

Sus largas pestañas rubias le ensombrecen la mirada mientras se muerde las uñas. —¿De verdad dejarías tu auto por mí?

¿Cómo se lo explico? —Ahora mismo dejaría todo por ti.

Un músculo le late en la mandíbula y traga saliva. Sé que mis palabras le llegan. Lo veo, incluso mientras intenta resistirse. Al final, apoya la cabeza contra el poste y aspira hondo el aire nocturno hasta llenarse los pulmones.

Las voces que se acercan me hacen notar que el estacionamiento empieza a llenarse. Han venido a vernos correr, y sé que no me queda mucho tiempo a solas con Raffael. Pero hay algo más que necesito preguntarle. Necesito saberlo.

—¿Raff?

Aparta la vista del cielo y la posa en mí. —¿Hm?

Me muerdo el labio, buscando la forma de decirlo. Las palabras salen apenas en un hilo de voz. —¿Alguna vez piensas en mí cuando estás solo? ¿En nosotros? ¿En lo que fuimos? —La voz se me quiebra al final—. ¿Nos extrañas… a nosotros?

Raffael no aparta la mirada. Parpadea despacio, una y otra vez. Sus ojos azul ártico brillan bajo la luz del poste, y en ellos titilan las estrellas del cielo. Inhala. Exhala. Inhala. Exhala. Luego se pone de pie sin decir nada y camina hacia el estacionamiento.

Bajo la cabeza y dejo escapar el aire. Me trago la decepción y voy tras él para saludar a Tanya y a Felix, que ya llegaron con Elliot y el resto del equipo.

Después de que Tanya abraza a Raffael, se acerca a mí. Me he quedado junto al Honda. Me lanza una mirada cargada de compasión por encima del techo del auto. Apoyo los antebrazos sobre la carrocería y descanso la barbilla en ellos. —Raff nos contó lo que apostaste en esta carrera —murmura para que solo yo la escuche—. Estás loco, ¿lo sabías?

—No te preocupes —me río—. Es solo un auto.

—¡Y son solo mensajes, por Dios! —exclama, y enseguida levanta los brazos con gesto desesperado, como si no pudiera creer lo absurdo del trato.

Pero ahí se equivoca. —No, Tanya. Es su corazón.

La resignación se instala en su mirada como una neblina suave. Al segundo siguiente, estira el brazo por encima del Honda y apoya la palma sobre el techo. Yo extiendo la mano y aprieto la suya con cuidado.

—Eres un buen tipo, Sebastian. Ojalá ganes.

Asiento, y entonces siento a Felix a mi lado. —Raff frena si algo lo asusta por un costado —me susurra. Luego saca la mano del bolsillo de su chaqueta de cuero negra y choca su puño con el mío—. Suerte, amigo. La vas a necesitar.

Apenas alcanzo a murmurar un —Gracias— antes de que se alejen. Me toma un segundo entender del todo lo que quiso decir.

—¿Están listos? —La voz entusiasmada de Elliot me arranca de mis pensamientos. Cuando me doy vuelta, los curiosos ya despejaron el área para que Raff y yo nos coloquemos en posición. Debe de haber más de quinientas personas. Algunos llegaron en autos modificados, otros en bicicleta, otros a pie. Todos vinieron a ver esta carrera.

Paso los dedos por debajo de la manija del Honda, pero antes le lanzo una última mirada a Raffael, de pie junto a su Corvette. Su mirada me sostiene. Me ancla.

Le hago un leve gesto con la cabeza y me deslizo detrás del volante, bajo la ventana.

El murmullo se apaga a nuestro alrededor. Decenas de ojos se clavan en nosotros.

—Caballeros, enciendan sus motores. —Elliot curva los dedos de ambas manos, indicándonos que avancemos hasta la salida del estacionamiento. Cuando el Corvette y el Honda quedan rueda a rueda frente a él, se recoge las rastas en una coleta y se coloca entre los dos con una sonrisa—. La vuelta rodea todo el parque. Por la izquierda. El que cruce primero ese paso peatonal —señala el cruce detrás de él— gana.

Con Raffael en mi visión periférica, noto que ambos asentimos al mismo tiempo y luego dejo que mi mirada recorra el estacionamiento. Master B, el asiático bajito de cabello negro lacio y polo ajustada, está parado en la banqueta junto a Nikki, observándonos con los brazos cruzados y gesto relajado. La sonrisa divertida que lleva me revuelve el estómago. ¿No se supone que debería estar hackeando semáforos en una laptop o algo por el estilo?

—¿Listos? —grita Elliot. Mi atención vuelve a él al instante—. Procuren no matar a nadie. —Nos guiña un ojo, aparta las manos de los autos y se endereza—. ¡Ya!

¿Ya qué? ¡Todavía hay tráfico pasando frente a la salida! ¡Alguien tendría que estar controlando eso!

O quizá no.

La sangre me estalla en las venas, cosquillea como un ejército de hormigas. ¡Mierda! Raffael y yo lo entendemos al mismo tiempo: nos acaban de empujar a una piscina llena de pirañas.

Nadie va a ponérnoslo fácil. Escucho el rugido del 'Vette al cambiar de marcha justo cuando meto primera en el Honda. Las llantas chillan sobre el asfalto cuando salimos disparados, a la par, lanzándonos al tráfico en una maniobra suicida.

¡Que se vayan al demonio! ¿Quieren vernos hechos pedazos?

Un camión le bloquea el cambio de carril a Raffael, pero delante de mí un Jeep negro y una miniván roja me obligan a levantar el pie apenas un segundo. Él recupera esos dos segundos de ventaja y se me empareja por la izquierda. Mi mano lastimada se ha puesto morada a lo largo del día, y cada cambio de marcha me manda una descarga que me sube desde los dedos hasta el hombro. Aprieto los dientes y aparto el dolor. No puedo darme el lujo de sentirlo ahora.

La calle se angosta en este tramo, diseñada para un solo carril, pero Raff y yo seguimos rueda con rueda. ¡Carajo! En la siguiente curva uno de los dos tendrá que ceder.

Islandia es terco como un toro al que le agitan el capote, así que soy yo quien se mete detrás de él por un instante. El tráfico ya no es tan pesado como en hora pico, pero sigue habiendo demasiados autos que no tendrían nada que hacer en medio de esto. Bocinas por todos lados. Peatones que se giran en la acera para vernos pasar como una exhalación.

En el lado largo del parque la avenida se abre un

poco, pero también aumenta el tráfico, y nos esperan cinco cruces con semáforos. Un Toyota y un compacto francés dejan un hueco mínimo a la derecha. No lo pienso. Bajo de marcha, acelero y me meto en ese espacio ridículo entre sus defensas. A Raff lo retrasa una motocicleta, aunque solo un parpadeo, porque se arma fila en el carril de giro. Aprovecho y lo adelanto por la derecha. Cruzamos el primer semáforo en naranja pegados como si fuéramos un solo auto.

A partir de ahí tenemos vía libre durante medio kilómetro. Ambos pisamos el acelerador a fondo. Ninguno está dispuesto a ceder ni un centímetro. Los dos cruces siguientes nos reciben en verde, pero luego la calle vuelve a llenarse poco a poco. Raff y yo nos colamos entre los autos, esquivando defensas a izquierda y derecha como si esto fuera una partida de videojuego y no la vida real. ¡Dios, quiero salir vivo de aquí!

Antes de la siguiente curva, dos SUV negros me cierran el paso. Me lanzo al carril contrario. No puedo quedarme otra vez detrás de Raffael. Un bache lo hace frenar apenas una fracción de segundo y aprovecho para tomar la delantera. Él se pega a mi parachoques de inmediato porque mi lado está despejado mientras el suyo se atasca con conductores lentos. A estas alturas, ya dejamos atrás la mayor parte del recorrido. Disparamos hacia el siguiente semáforo, a unos cincuenta metros, justo cuando cambia de naranja a rojo.

La adrenalina me inunda el cuerpo, pero ni loco voy

a levantar el pie del acelerador ahora. Los autos empiezan a salir desde las calles laterales. ¡Carajo, esto ya no es un juego, es Grand Theft Auto en versión suicida!

Un camión azul acelera desde la derecha. Por favor, que frene o me lo llevo puesto y aquí se acaba todo. Y si Raffael no se detiene en rojo, también va a estrellarse. Mis ojos saltan como desquiciados entre el cruce que tengo enfrente y el Corvette oscuro en el retrovisor.

¡Frena! ¡Frena! ¡Frena, Raffael!

Cruzo la intersección con el corazón golpeándome la garganta, y él viene pegado a mí como si estuviera atado al parachoques del Honda. Un claxon grave revienta desde el camión azul cuando pasamos a toda velocidad. El camión se ladea y el Corvette lo esquiva por centímetros.

¡Dios santo!

No puedo creer que Raff quiera mi auto lo suficiente como para jugarse la vida por él. Pero tampoco me cuesta imaginar que esta noche haría cualquier cosa con tal de no tener que responder mis mensajes a partir de mañana y dejar ese hilo entre nosotros cortado para siempre.

¡Por favor, Raffael! ¡Ríndete!

Pero claro que no lo hará. No está en su naturaleza. Y tampoco en la mía. Vamos a terminar esta carrera, aunque nos cueste todo.

Tres minutos después, las llantas chillan cuando derrapamos en la última curva y salimos disparados hacia la recta final. Wick Lane está desierta a esta hora. No hay tráfico. Solo nosotros. El paso peatonal de llegada está a ciento cincuenta metros. Vamos casi a la par, pero Raff me lleva medio metro.

¡Mierda! No puedo dejar que gane. El Honda ya va al límite. Si Raffael toca primero el cruce, mi oportunidad de reconstruir algo con él se esfuma. En cinco segundos, todo habrá terminado.

A menos que…

Las palabras de Felix me resuenan en la cabeza. Cualquiera daría un volantazo si algo se le viene encima desde un costado. Es instinto. Pero Raffael no. Según su amigo, frena. Y lo entiendo. Cuando siempre conduces al límite, no te arriesgas a perder el control.

No soy un tramposo. O al menos no suelo serlo. Pero a cincuenta metros del cruce, aprieto los dientes y dejo apenas un espacio entre el Honda y el Corvette. Entonces hago un amague brusco hacia su derecha, como si fuera a cerrarle el paso.

Felix tenía razón. Raffael no se mueve ni un centímetro… pero en ese primer segundo de sorpresa, pisa el freno. Apenas un toque. Apenas nada. Pero suficiente.

Cruzo el paso peatonal con poco más de un metro de ventaja.

CAPÍTULO 6

Raffael

Es apenas un suspiro sobre el freno. Un roce mínimo. Y aun así pierdo la carrera. ¡Maldición! Sebastian me rebasa como una bala y cruza la meta antes que yo.

¡Maldito bastardo!

Tomo la curva y me meto al estacionamiento detrás de él, freno el Corvette con un chillido seco. Apago el motor, me bajo de un tirón, azoto la puerta y, con la sangre hirviéndome en las venas, camino a zancadas hacia el grupo que ya lo rodea. Felix y Tanya también están ahí. Sebastian sonríe mientras lo felicitan.

¡Lo voy a despedazar!

En cuanto me ve, su sonrisa se le desdibuja un poco y da un paso atrás, alzando las manos en una rendición burlona. No me importa. Me lanzo hacia él como un toro y grito: —¿Te parece gracioso?

A tres pasos de alcanzarlo, Felix se atraviesa y me frena en seco, riéndose. —Tranquilo, hermano, bájale.

Me tuerce los brazos a la espalda y me deja inmóvil. Mierda, está fuerte. Tanya se desprende del grupo todavía eufórico y corre hacia nosotros, diminuta dentro de la chaqueta de cuero de su novio. Cuando apoya las manos en mi pecho y me dedica esa sonrisa suya que todo lo suaviza, dejo escapar un suspiro largo. Por encima de su cabeza fulmino a Sebastian con la mirada, los dientes apretados. —Hiciste trampa —escupo, zafándome por fin de las manos de Felix. Pero lo único que consigo es sostener a Tanya, que se me cuelga como un mono araña. Está bien. Nada de golpes esta noche. Aun así, le disparo rayos con los ojos a Sebastian y le apunto con el dedo—. ¡Hiciste trampa porque sabías que no tenías ninguna oportunidad! ¡Eso no vale!

Con una risita que me dan ganas de borrarle a patadas, Sebastian se acerca y me toma la mano en un apretón casi fraternal que estoy demasiado descolocado para rechazar. —Lo siento, Raff —dice en voz lo bastante alta para que todos lo oigan, y luego me rodea la nuca con la otra mano y me acerca unos centímetros—. Pero en el amor y en la guerra todo se vale.

Ojalá pudiera mandarlo al diablo con alguna frase venenosa, pero me quedo en blanco. Desarmado, me paso la lengua por el labio inferior cuando me suelta. Elliot y Nikki se acercan a felicitarlo, y Tanya me mira con esa sonrisa de dientes perfectos. —Ya, amor, suéltalo. Todos vimos lo increíble que estuviste. Y si te portas bien, te invito un capuchino con extra, extra azúcar.

Dios. Es absurdo lo fácil que me tiene girando alrededor de su dedo. Pongo los ojos en blanco, molesto conmigo mismo, pero la verdad es que sí me calma. —Estamos a mano —resoplo, todavía sin ganas de celebrar la victoria de Sebastian con los demás—. Es tarde. La próxima semana salimos y me invitas el café por mi derrota.

Riéndose, me da un golpecito en el pecho y se aparta para que los otros también me estrechen la mano. Genial. No me nace ser el buen perdedor, así que mantengo las felicitaciones cortas y educadas. Cuando por fin me dejan respirar, Felix es el último en darme una palmada en el hombro. —Buena carrera, hermano.

Sí, lo fue. Hasta quince metros antes de la meta. —Tú le dijiste que hiciera eso, ¿verdad? —gruño, mirándolo de reojo.

Con esa sonrisa de idiota que no abandona nunca, me pasa un brazo flojo por el cuello. —Alguien tiene que cuidarte si tú no lo haces.

¿Cuidarme? Sí, claro. —¿En serio crees que valía la

pena? Le habría ganado a su Honda —refunfuño, torciendo la boca mientras nos alejamos del grupo.

Cruzando el estacionamiento, Felix atrae a Tanya hacia su otro lado y la acomoda bajo su brazo. —Lo que puedes ganar ahora es mucho mejor que un auto. Pero hazme un favor, Raff…

—¿Cuál? —pregunto, quitándome su brazo de encima. Me doy la vuelta para mirarlo cuando nos detenemos frente al Corvette.

Él sonríe de medio lado, aprieta a Tanya contra su pecho y apoya la barbilla en su cabeza. —Disfruta los mensajes. —Sus ojos se deslizan un segundo hacia un costado. Al instante siguiente, finge un saludo militar despreocupado, le tapa la boca a Tanya con la mano para que no diga nada y se la lleva hacia su Alpha rojo oscuro. Yo, en cambio, no me atrevo a voltear. Me da miedo comprobar quién se acerca. Y por qué los dos se retiraron con tanta prisa.

Respiro hondo y entonces me fijo en la mano amoratada de Sebastian, apoyada sobre el techo del Corvette. —Joder, eso se ve fatal —se me escapa. Y ya que el hielo está roto, entrecierro los ojos y añado—: ¿Qué demonios te pasó?

—Ah, cierto… —Se recuesta contra la puerta y examina su mano, luego flexiona los dedos un par de veces—. Me di de lleno contra una barra esta mañana. Y la carrera no ayudó precisamente a que mejorara.

Se me revuelve el estómago al imaginar lo que debió dolerle sujetar la palanca de cambios. En una carrera no hay espacio para la delicadeza. Me apoyo junto a él en el auto y dejo que la mirada se me pierda en la multitud, que ahora vibra entre la euforia y la frustración. Hay bastante dinero cambiando de manos ahí.

—Deberías hacerte una radiografía —murmuro, sin dejar de mirar al frente.

—Nah. Lo que no me mata, ya sabes. —Se ríe y saca el teléfono del bolsillo trasero. Al parecer, esa mano todavía sirve para escribir. No tan grave, entonces.

Tres segundos después, mi celular vibra dentro del jean. Frunzo el ceño, lo saco y leo el mensaje de Sebastian. ¿Qué demonios?

Sebastian
Hola. ;-)

Se me cae la mandíbula. Giro la cabeza hacia él. —¿En serio?

—En serio. —La media sonrisa que le cruza los labios le queda demasiado bien. Y eso me fastidia todavía más. Intento guardar el teléfono, pero antes de que lo meta por completo en el bolsillo, Sebastian me sujeta del brazo. Su sonrisa se suaviza—. No, Raff. Sabes lo que tienes que hacer.

Leer y responder. Ese era el trato. Mi boca se curva con ironía. —No especificaste cuándo tenía que contestar.

—Perfecto. Como tú tampoco dejaste claro eso antes de la carrera, cuenta el primer aviso. Cinco minutos después de leerlos. Como máximo —dicta la nueva regla sin apartar la mirada de mis ojos. Y, Dios… ese tono castaño cálido me dan ganas de rendirme sin luchar.

Mierda. Estaba cantado que encontraría la forma de marcar el primer punto.

Me muerdo el interior de la mejilla mientras sus facciones vuelven a relajarse. —Nos vemos por ahí, Raff —dice, y me guiña un ojo antes de apartarse del Corvette y cruzar el estacionamiento.

Cuando por fin consigo despegar la vista de su trasero y recuperar algo de compostura, escribo solo dos palabras y las envío con una sonrisa torcida.

Yo
Jódete

Sebastian lee el mensaje mientras camina hacia la Honda. Dos segundos después, echa la cabeza hacia atrás y se ríe. Ya veremos cuánto le dura la gracia cuando eso sea lo único que reciba de mí.

—¡Y nada de mensajes antes de las ocho de la mañana! —le grito, resoplando. Al fin y al cabo, son mis vacaciones de verano y tengo derecho a dormir hasta tarde.

Me deslizo detrás del volante, todavía con la frustración latiéndome en el pecho y hecho un desastre porque esos ojos color castaño no me dejan en paz. Piso el acelerador y por fin enfilo rumbo a casa.

*

Apenas estoy medio despierto cuando entra el primer mensaje de Sebastian el jueves por la mañana. A tientas, busco el celular en la mesa de noche y entreabro un ojo para ver la hora. Ocho y veinte. Bueno. Tiene suerte. No voy a matarlo. Aun así, me aplasto la almohada contra la cara y suelto un gemido. ¿Ese tipo no piensa darme tregua nunca?

Al final, aparto la almohada y abro WhatsApp.

Sebastian
*Oye, copito. ¿Dormiste bien? ^^*

La palabra copito me provoca una calidez extraña en el estómago. Siempre lo hacía cuando la decía. Es como un chocolate caliente con crema en un día lluvioso, y ni siquiera sé por qué. Pero no es suficiente para ponerme de buen humor a estas horas. En realidad, solo tengo una respuesta para él.

Yo
Jódete

Su respuesta es una carita llorando de risa. ¿También se supone que debo contestar eso? Con el celular suspendido sobre mi cara, reviso los emojis y le mando una mano haciéndole un gesto obsceno. Entonces el teléfono se me resbala de los dedos y me golpea el ojo izquierdo. —¡Au!— ¿Desde cuándo pesan tanto estas cosas por la mañana?

Otro pitido suena cuando por fin lo rescato del hueco entre mi cuello y la almohada.

Sebastian
¿Soñaste algo lindo?

Sí. Que lo mataba. Despacio. Metiéndole su maldito celular por la garganta.

Yo
Jódete

Sebastian
Está bien. Di el día y el lugar.

¡Argh!

Yo
¡JÓDETE!

Me doy la vuelta y vuelvo a enterrarme bajo la almohada para no oír el siguiente pitido cuando escriba cualquier estupidez. Estúpidamente, el celular también vibra con cada mensaje, y siento la vibración recorriendo el colchón. ¿Alguien puede asfixiarme con la almohada, por favor?

Decido ignorarlo unos minutos y me arrastro fuera de la cama. Primero la ducha. Después veré qué demonios quiere. Y, la verdad, esto ya es ridículo.

Sebastian
¿Quieres desayunar conmigo?

Claro que no.

Yo
Jódete

Mientras me visto, seguimos con su juego absurdo.

Sebastian
Si no hoy, quizá algún día la próxima semana.

Yo
Jódete

¿Para qué sirve todo esto, exactamente? ¿De verdad cree que voy a cambiar de opinión sobre ser gay, o siquiera sobre ser su amigo, solo porque insiste así? Porque, por triste que suene, eso no va a pasar.
Yo. Simplemente. No. Puedo.

Sebastian
También podría invitarte una Sprite por la tarde. Vienes y jugamos videojuegos.

Yo
Jódete

Sebastian

O podríamos solo hablar…

Yo

Jódete

El siguiente mensaje tarda un poco más en llegar. Quizá por fin entendió cómo funciona este juego.

Sebastian

¿Cuánto tiempo crees que puedes seguir así, copito?

Muuucho.

Yo

Jódete

La cafetera negra ruge en la cocina mientras muele los granos y luego me recompensa con una taza de capuchino. Le agrego el azúcar exacta para que quede perfecto y me apoyo en la encimera. Con los tobillos cruzados, miro por la ventana mientras soplo el vapor y doy pequeños sorbos. El sol brilla. Este podría convertirse en un día realmente hermoso.

Un gemido se me escapa después del siguiente trago, porque mi celular vuelve a pitar. Casi tendría gracia lo poco dispuesto que está a rendirse, si no fuera tan irritante.

Listo para escribir mi respuesta de siempre, abro el chat… y entonces trago saliva.

87

Esta vez no hay texto, sino una foto. Es Michelle y yo en el sofá. Sostengo un crayón azul entre los dedos, los ojos cerrados, mientras ella se inclina y apoya la cabeza contra la mía.

Durante un buen rato me quedo ahí, inmóvil, con la taza de café en una mano y el celular en la otra. Cada vez que la pantalla se oscurece, paso el dedo y la vuelvo a encender, como si pudiera absorber un poco más de ese instante en la vieja casa de Sebastian, cuando ese pequeño ángel me pidió que pintara unicornios con ella. Se me hace un nudo en la garganta.

Dejo la taza en el fregadero y cruzo la sala hasta el sofá. Michelle es de las pocas cosas que realmente me habría gustado traerme de aquel fin de semana en Eastbourne. Bueno... ella y un poco de la valentía que tuve entonces.

Me dejo caer entre los cojines, apoyo los pies en la mesa de centro y vuelvo a deslizar el dedo por la pantalla. Solo cuando siento que he memorizado cada detalle de la foto, subo hasta la conversación que Sebastian y yo hemos tenido estas últimas semanas. Hay varios mensajes suyos que ignoré después de volver del Sur, pero no es eso lo que busco ahora. Es la otra foto. La nuestra. La de su cama, cuando me besa la mejilla.

Verla ahora, después de tanto tiempo, me clava algo en el pecho. Yo estaba convencido de que iba a superar a este hombre terco. Pero la verdad es que bastó con que me tocara una vez en casa de Tanya para que todo se me viniera abajo otra vez.

¿Y si siempre va a ser así? La idea me da miedo.

Cierro los ojos y suelto un suspiro largo. Ya me pasé del tiempo para contestarle a Sebastian por casi veinte minutos. Cuando por fin lo hago, vuelven a ser solo dos palabras.

Yo
Gracias…

No llega ningún otro mensaje suyo en todo el día.

CAPÍTULO 7

Raffael

El viernes por la mañana arranca casi igual que el jueves, incluso con la misma conversación por mensajes. Con los ojos todavía pegados por el sueño, vuelvo a decirle lo que puede hacer consigo mismo. Esta vez, sin embargo, deja de molestarme bastante más temprano.

Paso el día con Tanya, ayudándola con algunas compras, y luego pasamos por Felix a su trabajo para cenar los tres y ver una película en su casa.

Por supuesto, preguntan por Sebastian. Por suerte, basta una sola mirada fulminante para que entiendan el mensaje y se abstengan de seguir interrogándome sobre cómo va nuestro supuesto trato.

La noche se nos va sin que me dé cuenta, y termino llegando tarde a casa porque decidimos hacer maratón de Rápidos y Furiosos, algo que a Tanya no le hizo ninguna gracia. Mientras subo en el ascensor a mi departamento, miro el celular por primera vez en horas. Hay un mensaje. Es más largo de lo habitual y, para variar, no trae ninguna broma.

Sebastian
Tanya me dijo que hoy logró sacarte de tu departamento.
Dice que te reíste mucho. Me alegra saberlo.
Buenas noches, Raffael.

No estoy seguro de que me guste que lleven un control tan invasivo sobre mí, y definitivamente detesto que estén hablando de mí a mis espaldas. Aun así, cuando entro al departamento, leo el mensaje una segunda y una tercera vez, sintiendo ese impulso incómodo de desearle buenas noches también en lugar de mandarlo al diablo.

Maldito seas, Sebastian.

No hago ninguna de las dos cosas. Solo elijo el emoticón de los ojos sin boca, lo envío y apago el teléfono antes de irme a la cama.

Casi me asusta despertar el sábado mucho antes de las ocho, atento a que Sebastian me escriba. Y luego me hace esperar hasta las diez para mandar el primer mensaje del día. ¿Qué demonios?

Sebastian
¿Raffael?

Solo por escribirme tan tarde me dan ganas de mandarlo a la mierda otra vez, pero la verdad es que la curiosidad me puede. Necesito saber qué significa ese comienzo tan cauteloso.

Yo
¿Qué?

Sebastian
¿Estás enojado porque no ganaste el Honda?

No. De todas formas lo habría vendido, y eso nos habría dolido a los dos.

Yo
Estoy enojado porque tengo que leer todos tus mensajes estúpidos.

Sebastian
Mentiroso. Te encantan. ;-)

Pongo los ojos en blanco, aunque me arranca una sonrisa. Pequeña, pero sonrisa al fin.

Yo
¡Eres un idiota!

El resto de la mañana, WhatsApp permanece en silencio. De vez en cuando reviso por si acaso se me escapó algún mensaje, pero no hay nada. Ni siquiera leyó el último que le envié, lo cual es raro.

Decido prender la PS4 y jugar Fortnite con Carol, George, Thomas y Leo, mi escuadrón habitual. Siempre es una distracción divertida pasar el rato en línea, aunque hoy me cuesta un poco más esquivar las preguntas sobre Sebastian y yo desde que lo conocieron hace poco. Carol, sobre todo, es imposible de esquivar. Llegué a pensar que no era tan dura como aparentaba, que en el fondo era una romántica empedernida. Lástima para ella. No pienso revelar ningún detalle de mi vida, romántica o no. Aun así, su acoso exagerado me hace reír, y eso se agradece.

Al mediodía me desconecto por Rosa, mi adorable ama de llaves con aire de abuela. Hoy trajo una olla enorme de sopa española de tomate y pan casero. Vamos a comer juntos porque su familia no está en casa este fin de semana. Me encanta cuando Rosa cocina para mí. Su comida es una bendición.

Ya vamos por el segundo plato cuando el celular emite un pitido.

De inmediato giro la cabeza hacia la sala. El teléfono está sobre la mesa de centro, donde lo dejé después de jugar. Los buenos modales son mi excusa para no levantarme enseguida. ¿Qué tan descortés sería dejar la mesa mientras Rosa y yo seguimos comiendo?

En silencio, sigo llevándome la sopa a la boca. De todos modos, seguro es otra provocación suya.

—¿Todo bien, cariño?

—¿Hm? —Levanto la vista de golpe.

Rosa me sonríe con la cabeza ladeada, la cuchara descansando en el plato. Arranca un trozo de pan y lo sostiene en el aire antes de llevárselo a la boca mientras pregunta—. No dejas de mirar hacia la sala. ¿Estás esperando un mensaje especial?

¿En serio? Ni siquiera me había dado cuenta.

—Puedes ir a leerlo, no me molesta —añade con ese tono dulce suyo, pero sé que lo dice porque le pago por el trabajo que hace en mi departamento. A ninguno de sus propios hijos les permitiría usar el teléfono en la mesa, así que yo tampoco voy a hacerlo.

—No. Es solo Sebastian —murmuro mientras termino la sopa—. Puede esperar.

—Seguro que sí —Rosa suelta una risita y vuelve a llevarse la cuchara a la boca—. ¿Pero tú puedes?

¿Perdón?

Algo en mi cara debe de ser graciosísimo, porque estalla en una carcajada abierta, de esas que llenan la habitación. Y estoy bastante seguro de que no tengo sopa pegada en el labio.

—No sé qué cambió ese airecito tan triste que traías la semana pasada, Raffael —dice entonces, con su encantador acento español—, pero si Sebastian tiene algo que ver con eso, de verdad deberías leer ese mensaje ahora.

Las mejillas se me encienden al instante y casi me atraganto. Sí, me vio deambular por el departamento como un fantasma las pocas veces que vino, pero no creo estar tan distinto de hace tres días. ¿Y por qué asumir que Sebastian tiene algo que ver con mi estado de ánimo solo porque me escribe?

—No sé de qué hablas —murmuro, bajando la cabeza con la esperanza de que el tema muera ahí. Pero no.

—Quiero decir que hoy te ves mucho más animado.

¿Yo?

—Más luminoso, cariño. Más despierto. —Se inclina sobre la mesa y apoya su mano sobre la mía—. No tienes que contarme nada, Raffael. Solo quiero que seas feliz, como lo quiero para todos mis hijos.

Trago saliva. La garganta se me seca. Lo dice en serio. Y algo más se mueve dentro de mí. El pecho se me llena con una respiración profunda. Todo el mundo debería tener una Rosa. Yo soy absurdamente afortunado de tener la mía.

Deslizo la mano bajo la suya y le aprieto los dedos un instante. —Gracias, Rosa —digo con voz ronca.

Luego dejo la cuchara, voy a la sala y agarro el teléfono para ver qué respondió Sebastian a mi comentario de que es un idiota.

Sebastian
*Y además, soy muy bueno en eso. ^^*

Jesucristo. Ese ego no cabría ni en la Capilla Sixtina. De camino de regreso a la cocina siento la obligación moral de bajarle un poco los humos.

Yo
Jódete

Me siento otra vez, dejo el teléfono boca abajo sobre la mesa y, cuando levanto la vista hacia Rosa al otro lado del plato, me doy cuenta de que tenía razón. Estoy sonriendo.

Mierda.

—Espero que le hayas contestado algo bonito que lo haga tan feliz como te ves tú ahora —dice con naturalidad, alegre, mientras termina de comer y se levanta a recoger la mesa.

Yo, todavía sentado, casi me muerdo la lengua. Con el labio inferior entre los dientes, la sigo con la mirada, intentando poner cara inocente. —Mm-hm.

Sí. Y esa será la última vez que revise el teléfono con Rosa presente.

La tarde vuelve a quedar en silencio cuando se va. De una forma extraña, el departamento se siente vacío. Casi desearía que se hubiera quedado un rato más, solo para distraerme y evitar que mire el celular cada cinco minutos.

¿Qué demonios me está haciendo este hombre? No quiero que Sebastian me escriba. No quiero volver a construir nada con él. Y aun así, cuando se queda callado, logra que piense en él todavía más que cuando no para de hablar.

Por la noche casi consigue ponerme tan nervioso que estoy a punto de escribirle yo primero. Casi. Pero no lo hago. ¿Para qué? Solo volvería a complicarlo todo. No debería estar pensando en cómo encajar a este hombre en mi vida cuando no puedo estar con él de la forma que una parte rara y profunda dentro de mí exige. Ser amigos tampoco funcionaría. Cada vez que lo mirara a los ojos, volvería a vernos besándonos bajo el árbol en Eastbourne.

Y él también lo vería, ¿verdad?

O… ¿y si no? Tal vez estoy interpretándolo todo mal y en realidad lo único que quiere es una amistad tranquila conmigo. Tenemos muchas cosas en común. Nos gustan lo mismo, sobre todo los autos, la velocidad y esas carreras imprudentes. Incluso parece que ahora compartimos el mismo círculo de amigos. Así que quizá eso es lo que busca de verdad. ¿Nada de amor, solo amistad?

Ese pensamiento debería darme alivio, ¿no?

Entonces, ¿por qué en vez de eso siento una especie de disonancia en el estómago? O tal vez un poco más arriba… en el pecho.

A las once me voy a la cama después de ver un documental sobre Islandia que me dejó sensible. Siempre me pasa cuando veo mi isla natal. Y aun así, me encanta.

El teléfono ha estado cargándose en la cocina durante las últimas horas. Desconecto el cargador, agarro una gaseosa del refrigerador y me llevo ambas cosas al dormitorio. Una luz azul parpadea en la pantalla. No escuché entrar el último mensaje de Sebastian, pero espero a leerlo hasta estar en bóxers, bajo la manta. Con la almohada apoyada contra el respaldo, me recuesto, destapo la Sprite, doy un sorbo y abro WhatsApp.

La pantalla ilumina la habitación oscura con un resplandor azulado que me baña el rostro. Espero alguna tontería más de Sebastian, pero, como anoche, el mensaje es más largo y no trae ni rastro de burla. Como si dejara las provocaciones para la mañana y guardara la noche para algo más suave. Más honesto.

Sebastian

Cada vez que voy al refri por algo para tomar, hay un estante entero lleno de latas de Sprite. ¿Te imaginas el pequeño tirón en el corazón que siento cada vez que abro la puerta y las veo?

Me quedo mirando esas palabras un buen rato, con la lata todavía en la mano.

No sé cómo lo hace, pero siempre encuentra la frase exacta en el momento preciso. Con lo que me escribió hace veintisiete minutos no solo me dejó claro que le tomó cariño a mi bebida favorita. También despejó esa duda absurda de si había dejado de quererme y desearme tan rápido.

Sentirme deseado por él despierta ese cosquilleo de mariposas justo debajo del corazón. Nadie más consigue provocarme algo así.

En los últimos días se volvió casi automático decirle que se joda, y ahora me cuesta escribir cualquier otra cosa. Algo que le deje claro que entiendo lo que quiso decir. Que, por una vez, de verdad agradezco que me lo haya compartido. Resoplo. Suspiro. Me muerdo el labio.

Con él todo es tan difícil. Siempre lo fue. Y tengo la sensación de que no va a cambiar pronto. Se me cierra un poco la garganta… porque lo extraño.

En ese momento Sebastian aparece en línea. Sé que lo primero que ve es que ya leí su mensaje. Tengo cinco minutos, tal vez menos, para responder. Pero no encuentro las palabras.

Mis silencios deben de estarle disparando mil teorías, porque al rato aparece el aviso de que está escribiendo. Su mensaje llega enseguida.

Sebastian
Si decirte eso fue cruzar un límite, lo siento.

No lo fue. Pero ¿cómo decirle que fue exactamente lo que necesitaba esta noche sin salirme de mi propio mundo? Complicado. Así podría llamarse mi vida.

La lata de Sprite sigue en mi mano. Alterno la mirada entre ella y los dos últimos mensajes. Finalmente, casi a regañadientes, levanto el teléfono por encima de la lata, abro la cámara y tomo una foto. No es más que la Sprite en mi mano, sobre las sábanas que cubren mis piernas dobladas. Y eso es lo que le envío como respuesta.

Las dos palomitas se vuelven azules al instante. Espero. Nada. Jesucristo, ahora quiero que diga algo. Lo que sea. Pero incluso si, por una vez, se queda callado, hay algo extrañamente reconfortante en saber que los dos estamos mirando la pantalla al mismo tiempo. Es absurdo cómo las cosas más pequeñas pueden provocar las emociones más grandes.

Ojalá estuviera aquí ahora.

Y ojalá pudiera decírselo.

Un poco de sueño empieza a pesarme en los párpados mientras sigo mirando el chat, pero desaparece en cuanto aparece el aviso de que está escribiendo otra vez. Me quedo observando los puntitos durante minutos eternos, hasta que finalmente se transforman en un mensaje.

Sebastian

Ya no sé qué más hacer, Raffael. Creo que llegué a mi límite. Hacer que respondieras mis mensajes, presionarte un poco, me pareció buena idea hace unos días. Sentí que era la única oportunidad que teníamos de empezar de nuevo. La única oportunidad que yo tenía…
No pensé en lo que eso podía provocarte. En cómo te haría sentir. Sobre todo conmigo. Pasé las dos mejores semanas de mi vida contigo. Y te extraño. Todos los días. Pero no puedo soportar la idea de que me odies por empujarte a algo que no quieres. Aunque sea algo tan pequeño como escribirme.
Así que lo siento. Nuestro trato termina aquí.

Leo cada palabra. Despacio. Línea por línea. Durante todo ese tiempo me muerdo el labio y lo humedezco con la lengua una y otra vez. No soy particularmente sentimental, pero lo que dice me enciende el pecho con una añoranza que duele. Añoranza de escribirle. De llamarlo. De hablar con él. De verlo. De abrazarlo. De besarlo. Y de dejarme amarlo…

Tengo que inhalar varias veces, hondo, antes de lograr aflojar el nudo en la garganta y conseguir que los dedos escriban algo.

Yo
No te odio.

Los minutos vuelven a alargarse. Ojalá pudiera añadir algo más. Que aparezcan las palabras correctas. Que regrese ese lugar dentro de mí donde hace dos semanas vivía todo el valor que tenía. Pero cuando por fin responde, el mensaje me hace fruncir el ceño, confundido y frustrado.

Sebastian
Buenas noches, Raffael.

¿Perdón? ¿Ahora simplemente deja de hablarme?

Aprieto los labios y suelto un gruñido irritado mientras cierro el puño alrededor del teléfono. Hombre terco e insoportable.

Dejo caer el celular con un golpe seco sobre la mesa

de noche. Me termino la Sprite de un trago y reprimo un eructo mientras las burbujas me suben hasta la nariz y arden como fuego.

¿Buenas noches? Mis huevos.

Porque ya sé que no voy a pegar un ojo en horas.

CAPÍTULO 8

Sebastian

Fue un maldito error. Todo.

Dejo caer la mano con el celular sobre el regazo y me quedo mirando por la ventana, hacia las estrellas. Llevo dos horas sentado en el alféizar, dándole vueltas a mi futuro y a mi pasado. A mí solo. A mí con Raffael. Tengo los pies helados y la espalda hecha polvo de estar encorvado contra el marco, pero aun así no logro levantarme para irme a la cama. No quiero acostarme y quedarme ahí, despierto, porque este vacío en el pecho no me dejaría pegar un ojo.

Observo la mano envuelta en un pañuelo. La piel está inflamada y teñida de un morado verdoso desde mi pequeño accidente con la barra el miércoles pasado. Si estiro y flexiono los dedos, el dolor me atraviesa. Algo debe estar bastante lastimado por dentro, pero no soy de los que corren al médico a menos que estén a punto de perder un brazo o una pierna. Además, el dolor me viene bien. Me ayuda a silenciar la punzada en el pecho cada vez que pienso en Raffael.

Nunca debí empujarlo a aceptar ese trato. Nunca debí provocarlo. Sabía que no iba a echarse atrás, pero no imaginé cuánto podía terminar haciéndome daño a mí mismo. Desde la primera noche en que nos conocimos lo llevé al límite. Lo obligué a mirarse de frente, a reconocer quién es y qué desea de verdad. Y no puedo arrepentirme de eso, porque me regaló dos de las mejores semanas de mi vida. Raffael necesitaba verlo.

Pero si ahora me meto a la fuerza en su vida, corro el riesgo de que ese deseo se convierta en rabia… y después en distancia. Y eso es lo último que quiero.

Muy arriba, por encima del edificio, un avión cruza en silencio el cielo nocturno. Se me escapa un suspiro mientras sigo las luces intermitentes del ala hasta que desaparecen en la oscuridad.

Que Raff todavía no me odie lo es todo. Por una vez no respondió mandándome al carajo. Incluso me envió una foto. Sé perfectamente por qué sigo acumulando latas de Sprite en el refrigerador. Me ayudan a no olvidar. A recordar nuestra noche de juegos… sus dedos recorriéndome la piel… la tarde en el cine… el día que lo llevé a Eastbourne.

Me encanta recibir sus mensajes, aunque solo digan esas dos palabras tontas. Que me escriba significa que piensa en mí. Y yo tampoco quiero borrarme de su cabeza. Solo desearía que lo hiciera porque le nace, y no porque yo lo empujé a hacerlo.

Por eso decirle buenas noches fue lo último que le envié. Lo liberé del trato. Puede hacer lo que quiera: escribir o no escribir. Dios, ojalá lo haga porque quiere seguir en contacto conmigo, a pesar de todo, pero ya no voy a forzarlo.

Bajo la mirada. La camisa abierta deja al descubierto mi abdomen. Los trazos negros que Raff dibujó sobre mi piel vuelven a verse intensos y definidos. Los repasé con el marcador hace unas horas. Sé que no puedo hacer esto para siempre, pero todavía puedo sostenerlo un poco más. Trago saliva.

Tengo que hacerlo… porque necesito el recuerdo.

CAPÍTULO 9

Raffael

El domingo es silencioso. Dolorosamente silencioso.

Desde las ocho de la mañana hasta el mediodía espero un mensaje de buenos días de Sebastian, pero no llega nada. Después de almorzar solo, dejo de engañarme con la idea de que quizá me escriba en el transcurso de la tarde. Sin embargo, ya de noche, acostado otra vez mucho después de que oscurece y con el teléfono en la mano, no logro pensar en otra cosa.

Cada vez que reviso si hay un mensaje nuevo suyo, veo que estuvo en línea en WhatsApp apenas unos minutos antes que yo. ¿Eso significa que está ocupado chateando con alguien más? ¿O tal vez está esperando un mensaje mío con la misma ansiedad con la que yo espero cuando la aplicación se queda en silencio?

Me subo la cobija hasta el pecho y me hundo más en la almohada. Llevo años viviendo y durmiendo solo en este departamento, pero, de forma extraña, por primera vez me siento solo de verdad. Como si algo esencial hubiera desaparecido de mi vida y me hubiera dejado atrás, quebrado, incompleto.

Es tarde, casi medianoche, y Sebastian sigue en línea. Me gusta imaginar que no puede dormir porque también está pensando en mí. ¿Cambiaría algo si ahora le escribiera para desearle buenas noches?

Sí. Cambiaría algo. En realidad, lo cambiaría todo. Porque sé que no puedo ser solo su amigo. Y sé todavía con más claridad que no puedo seguir mucho tiempo sin él. Entonces, ¿qué demonios se supone que haga? ¿Girasoles morados? ¿Un arcoíris? Jesucristo… no puedo ser el tipo adecuado para este estilo de vida.

¿O sí?

Gimiendo, me paso las manos por la cara. Eastbourne fue un día y una noche perfectos junto a Sebastian. Entonces, ¿qué habría pasado si no hubiéramos tenido que enfrentarnos a ese final tan desastroso? ¿Dónde estaríamos ahora si esa anciana no se hubiera aparecido a pedir harina? ¿O si las noticias no hubieran empezado justo en ese instante?

¿Estaríamos aquí… juntos?

¿Habría tenido el valor suficiente para dejar que me llamara su novio incluso fuera del País de las Maravillas?

Empiezo a pensar que tal vez sí. Quizá no en público, al menos no de inmediato, pero dentro de estas paredes, para empezar. Y delante de Tanya y Felix. Tal vez incluso les habría contado a mis padres lo que siento por Sebastian. Son personas buenas, cariñosas. Nada de lo que yo hiciera podría hacer que me dieran la espalda. Y Sebastian tampoco me habría dado la espalda. Demonios, no lo hizo… ni siquiera cuando salí corriendo y lo dejé atrás.

Entierro los dedos de los pies en las sábanas y junto las rodillas contra el pecho. Ahora mismo siento que el corazón se me parte otra vez por haberlo perdido. Por haber tenido tanto miedo de quedarme a su lado. Lo empujé tan lejos que ya no tengo idea de cómo podría traerlo de vuelta.

Pero un mensaje sería un comienzo, ¿no?

Respiro hondo y presiono el botón para que la pantalla del celular vuelva a iluminarse con su resplandor azul. Después de otro largo instante de vacilación, escribo el primer pensamiento que me vino a la cabeza hace dos horas, cuando vi que todavía no me había mandado nada.

Yo

No me gusta cuando mi teléfono se queda en silencio todo el día.

Como si hubiera estado mirando la pantalla igual que yo, Sebastian lee mi mensaje en cuestión de segundos; las dos palomitas azules aparecen de inmediato. Y después no pasa nada. Absolutamente nada. No responde. ¿Solo lo leyó y dejó el teléfono a un lado? El corazón se me vuelve cada vez más pesado en el pecho, arrastrando hacia abajo las comisuras de mi boca.

Aprieto la mandíbula hasta que siento cómo me laten los músculos en las mejillas, intentando tragarme la decepción que me sube desde el pecho. Me dejó ir… y probablemente me lo merezco.

Diez minutos después sigue sin haber respuesta de Sebastian, así que, por el bien de mis nervios ya bastante castigados, dejo que la pantalla se apague y apoyo el celular junto a la lata vacía de Sprite en la mesa de noche. Me doy vuelta boca abajo y descanso la mejilla sobre la almohada, mirando la silueta oscura de la ventana. Anoche dormí apenas dos horas y, aunque el cansancio me arrastra hacia abajo, no parece que esta noche vaya a ser distinta. Tengo demasiadas cosas dando vueltas en la cabeza como para poder descansar.

En algún momento me obligo a cerrar los ojos, rogando que el olvido me arrastre por fin. Entonces, detrás de mí, suena un pitido bajo y se me abren los ojos de golpe.

Sin estar del todo seguro de no haberlo imaginado, me giro en la cama y tanteo el celular en la mesa de noche. La luz parpadea de verdad. Abro el mensaje.

Sebastian
¿Estás diciendo que extrañas mis mensajes estúpidos?

Eso… y mucho más.

Yo
Estoy diciendo que tal vez… extraño hablar contigo.

Contengo la respiración mientras espero su respuesta, que esta vez llega mucho más rápido, gracias a Dios.

Sebastian
Entonces habla conmigo ahora.

Un suspiro pesado, casi doloroso, se me escapa por la garganta apretada y cierro los ojos un segundo. Esas cinco palabras me jalan directo hacia él, como si me hubiera tendido los brazos. Todos los músculos que tenía tensos se aflojan de golpe y me quedo desparramado sobre la cama, como un náufrago al que acaban de rescatar. Respiro hondo, queriendo retener esta sensación, congelar este instante de alivio.

Y entonces caigo en cuenta de que no tengo la menor idea de qué decirle.

Los minutos vuelven a pasar. ¿Empiezo con algo simple?

Yo
¿Cómo va tu mano?

Sebastian

Se siente como si un hipopótamo se hubiera sentado encima.

Yo

Entonces deberías dejar de juntarte con hipopótamos…

Sebastian

Créeme, el hipopótamo no fue mi primera opción para pasar el rato. :P

Yo

¿Ah, no? ¿Entonces con quién?

Sebastian

Con un chico lindo de Islandia. No lo conoces.

De una forma rara, me encanta hacia dónde va esto. Sebastian siempre sabe cómo hacerme sonreír.

Yo

¿Quieres contarme de él?

Su siguiente mensaje tarda un par de minutos. Estiro las piernas y cruzo los tobillos bajo la cobija mientras espero.

Sebastian

Él cree que es arquitecto y que tiene que vivir siguiendo reglas muy estrictas. Pero en realidad es un artista. Hace poco hizo unos dibujos increíbles en mi piel. También es el mejor corredor que conozco. Pero no te ilusiones, no puedes tener a este chico. Ya está ocupado.

Me fascina su descripción. Solo en las últimas palabras frunzo el ceño y sonrío al mismo tiempo.

Yo
¿Ah, sí?

Sebastian
Sí. Por una niñita del sur. Se enamoró de él porque parece un unicornio.

Yo
*¿Esa es la razón por la que no puedes salir con él y
tienes que conformarte con hipopótamos?*

Sebastian
No... La razón es que le tiene miedo a sus propios sentimientos. Le pedí que fuera mi novio. Me rechazó.

El corazón me da otro vuelco.

Yo
¿Estás enojado con él por eso?

Sebastian
No. Pero lo extraño...

La presión densa se me mueve del pecho a la garganta. Trago varias veces y cierro los ojos un instante para no ahogarme en esa sensación.

Yo
Conozco esa sensación…

Después de inhalar profundo, escribo otra línea antes de que pueda contestar y antes de que me arrepienta y vuelva a esconderme como un cobarde.

Yo
Tal vez deberías hacer algo para que se te pase.

Sebastian
No sabría qué. Lo único que quiero es volver a pasar tiempo con él.

Yo
¿Qué te lo impide?

Sebastian
Él.

Yo
¿Estás seguro…?

Sebastian
¿¿¿¿¿¿¿Qué???

Añade un emoji de sonrisa confundida. Sabía que lo iba a descolocar. Y mi corazón late como un motor V8 a punto de reventar. Es momento de cortar la conversación. Necesito tiempo para asimilar el paso que acabo de dar antes de poder decirle algo más.

Yo
Buenas noches, Bash. :-)

Sebastian
¡Espera! ¡No puedes irte ahora! ¡Todavía no terminamos!

Oh, claro que sí… al menos por esta noche. Con la sensación de un enjambre de mariposas alborotadas revoloteándome en el estómago, apago el teléfono por completo y me giro de lado. Poco a poco, una sonrisa me estira las comisuras de los labios.

*

Cuando despierto a la mañana siguiente, dejo el teléfono apagado a propósito para no caer en la tentación de leer lo que sea que Sebastian haya escrito después de mi último mensaje. Anoche me quedé otra hora más acostado, mirando el techo y pensando en la vida, en el mundo y en lo que significa hacer lo correcto. En lo que se supone que está permitido y en lo que no. Y en lo que debería estarlo.

Llegué a una sola conclusión: no tengo idea de qué me espera en el futuro. Pero si es pecado que un hombre quiera estar con otro, entonces quizá mi destino sea el infierno.

La pregunta es: ¿valdría la pena?

Me asusta que la única forma de obtener una respuesta sea intentarlo. Y aun así, eso es exactamente lo que quiero hacer. Solo espero tener el valor suficiente. Y que nadie me prenda fuego por ello.

Sin embargo, si quiero encontrar el camino de regreso a Sebastian, primero tengo que reconciliarme con lo que pasó. Todo se vino abajo el día que alguien hizo añicos mi País de las Maravillas. Así que por ahí empiezo.

Me levanto, me doy una ducha larga, me pongo una sudadera blanca y unos jeans celeste claro, ordeno el departamento y, por último, tomo el ascensor hasta el estacionamiento subterráneo. Ojalá mi corazón, asustado y desbocado, me diera un respiro. No puede ser sano vivir a velocidad de curvatura durante horas.

El celular sigue apagado y, por ahora, lo dejo en el asiento del copiloto. Saco el Corvette con calma hacia la luz del día, me bajo los lentes de sol sobre los ojos y enfilo rumbo a Eastbourne para enfrentar mis miedos.

CAPÍTULO 10

Raffael

Son dos horas de carretera hasta la costa sur. No voy a toda velocidad; este rato a solas me hace falta. Con la música retumbando dentro del auto y el viento colándose por la ventana abierta, por fin puedo dejar que los pensamientos fluyan sin freno. Cuanto más me acerco a Eastbourne, más se me vienen encima los recuerdos dulces de Sebastian y yo en su jardín, en su habitación, en cada rincón donde alguna vez fui feliz.

Fue una etapa hermosa. Con él. Con su familia. A

eso me aferro. A esa versión de la historia. Es lo único que me da valor para enfrentar este nuevo camino que me asusta tanto y no quedarme atrapado en la tragedia que marcó mi último viaje hasta allá.

Ni siquiera voy por la mitad cuando caigo en cuenta de que fue pésima idea tomarme tres capuchinos en la mañana, por muy nervioso que estuviera. El cinturón empieza a presionarme la vejiga y se vuelve insoportable, así que me desvío y estaciono en un pequeño aparcamiento de grava junto a una iglesia perdida en medio del campo.

Me meto entre unos rosales para aliviarme, atento a que no aparezca nadie. El edificio, alto y blanco, con tejas oscuras y un campanario sencillo, se alza solitario, como si alguien hubiera dejado olvidado un pueblo en miniatura después de jugar. Y yo acabo de orinar en su jardín.

Qué maravilla.

Movido por una culpa inesperada, sigo el sendero de grava hasta la entrada. A un lado hay una pila de mármol con agua bendita, pero después de lo que acabo de hacer no pienso meter los dedos ahí. Más allá descubro una llave de agua pegada a la pared, seguramente para quienes visitan el cementerio y necesitan llenar sus regaderas.

Me lavo las manos ahí y, sin hacer ruido, entro en la casa de Dios por la pesada puerta de madera oscura. Se cierra sola detrás de mí y el golpe resuena en la nave alta como una reprimenda.

Hace un frío que cala. Me froto los brazos y me

estiro las mangas de la sudadera sobre las manos.

Soy el único a esa hora. Camino despacio hasta el frente y me detengo ante los dos escalones cubiertos por una alfombra roja. Conducen a un altar imponente, vestido con un mantel blanco y un ramo de flores frescas. Detrás se alza una pintura enorme del hijo de Dios, casi de cinco metros. Tiene una mano levantada en gesto de bienvenida y, en la otra, sostiene una esfera luminosa que parece flotar sobre su palma. A su alrededor, sus seguidores se arrodillan con los rostros alzados, llenos de esperanza.

Por un segundo siento el impulso de arrodillarme con ellos. Y no solo para pedir perdón por lo de los rosales. Trago saliva y me guardo las preguntas sobre el estilo de vida tan poco cristiano que estoy considerando. En vez de eso, me deslizo hasta la segunda fila de bancas de madera, subo los pies al asiento y me abrazo las rodillas contra el pecho. Sostengo la mirada cálida de Jesús.

Sé que pronuncio su nombre demasiado en el día a día como para llamarme un católico ejemplar. Pero si no fuera tan raro hablarle a una pintura, lo haría ahora mismo. Le preguntaría por qué la gente termina quemándose por sentir lo que yo siento.

Pasados varios minutos de silencio entre el cuadro y yo, se abre una puerta detrás del altar y aparece un hombre con una túnica marrón oscuro. Lleva el cabello negro, algo desordenado, con flequillo sobre la frente.

—Buenos días —saluda el sacerdote con un leve

asentimiento al pasar frente a mí. Luego enciende una lámpara sobre una mesita lateral. Tal vez sea imaginación mía, pero la nave parece entibiarse un poco. Lo observo en silencio mientras mira la estatua de la Virgen María y se persigna, cerrando el gesto con una inclinación humilde de cabeza.

Cuando regresa hacia la puerta abierta, aminora el paso al llegar a mi fila y se detiene. Sus ojos tienen una amabilidad tranquila.

—Pareces cargar algo pesado en el corazón. ¿Quieres contarme qué te preocupa?

Lo miro, abrazándome las rodillas con más fuerza contra el pecho. No hay nadie más en la iglesia, y estoy seguro de que está acostumbrado a escuchar pecados y desgracias de su comunidad. Aun así, algo se me revuelve en el estómago. Yo no pertenezco aquí. Siento que no tengo derecho a descargarle mis líos.

Da un paso hacia mí. —¿Y bien? —Sus ojos, oscuros como su cabello, tienen una calidez que me desarma y me obliga a hablar.

—Soy la oveja negra, padre. He pecado —murmuro. Las palabras me raspan la garganta al salir.

El sacerdote mete las manos en los bolsillos de la sotana y frunce el ceño, desconcertado. —¿Le quitaste la vida a alguien?

Eso ya sería bastante más que ser una simple oveja negra. —No —respondo en voz baja.

—¿Lastimaste a alguien a propósito? —Sigue con el mismo tono sereno, sin juicio. Niego con la cabeza y apoyo la barbilla en las rodillas, mirando el pequeño libro de cantos morado que descansa frente a mí sobre la banca—. Entonces, ¿por qué hablas así de ti? —pregunta con genuina sorpresa.

No me atrevo a mirarlo. —Porque no soy normal. Como los demás…

El silencio vuelve a llenar la nave.

—Normal y los demás son palabras enormes —dice al fin, acercándose hasta quedar a mi lado—. ¿Cómo te llamas, hijo?

Levanto la cabeza. —Raffael.

—Mucho gusto, Raffael. —Una sonrisa apenas divertida le ilumina el rostro mientras me tiende la mano—. Soy Gabriel.

La ironía no pasa desapercibida. Sin apartar los ojos de su expresión amable, le estrecho la mano. Está tibia. Como un calorcito en pleno invierno.

El padre Gabriel baja hasta el suelo de piedra y se sienta en los escalones del altar. —Ahora sí, cuéntame —dice, apoyando los brazos sobre las rodillas ocultas bajo la sotana—. ¿Qué te hace pensar que no eres normal?

Se ve tan distinto a los miembros severos y juzgadores de la comunidad ultraconservadora que recuerdo de Islandia, cuando mi abuela me llevaba a misa todos los domingos. Tal vez por eso me atrevo a susurrar: —No puedo amar a las mujeres. —En cuanto lo digo, clavo la mirada en mis manos y el corazón me late con fuerza. El sacerdote guarda silencio más de lo que esperaba. Cuando me atrevo a mirarlo otra vez, entiendo que espera que continúe—.

Me enamoré de otro hombre.

Su sonrisa no se borra. Ni un instante. Durante un par de minutos me observa con la misma serenidad con la que miraría el jardín de rosas de afuera. Luego inclina ligeramente la cabeza.

—¿De verdad crees que Jesucristo, cuando caminó por esta Tierra, se fijaba en las diferencias de las personas a las que tocaba, escuchaba, sanaba o con las que simplemente compartía el día?

Me quedo pensando en la imagen que tengo de ese hombre de hace dos mil años. Después niego con la cabeza. No. No lo imagino haciendo eso.

—Exacto. No lo hacía. Amaba a todos por igual. Como Dios. Para Él no importa si eres panadero o rey. Mujer u hombre. Un hombre que ama a una mujer —su voz se vuelve suave, casi un susurro— o un hombre que ama a otro hombre.

—Entonces, ¿por qué la Biblia dice…?

—¿Has leído la Biblia, Raffael? —me interrumpe con suavidad, sabiendo perfectamente a dónde quiero llegar.

Siento que me arden las mejillas. Bajo la mirada y niego.

—No te avergüences. La Biblia es un texto complejo. Y, si soy honesto, tampoco coincido con todo lo que contiene. A lo largo de los siglos, muchas manos la interpretaron, la copiaron, la acomodaron a su manera.

Lo miro, incrédulo.

¿En serio?

Un impulso extraño me atraviesa y me dejo resbalar de la banca hasta el suelo, sentándome junto a él y apoyando la espalda contra la madera. Aquí abajo todo se siente más íntimo. Como si las miradas severas de los santos y vírgenes que nos rodean no alcanzaran a juzgarnos desde esta altura. Como si no pudieran oírme cuando pregunto en voz baja: —¿Por qué harían algo así?

—Porque así somos los seres humanos. —El padre Gabriel se encoge de hombros—. A veces es el miedo lo que nos lleva a torcer la verdad. Otras, simplemente no sabemos hacerlo mejor.

Entrecierro los ojos, dudando, y él suelta una risa suave antes de continuar: —No se trata de buscar culpables. Se trata de tener la fe suficiente para quedarnos con lo que es bueno y amoroso. Para mí, el mensaje central es este: Jesucristo, o la luz que creó todo lo que existe, no dejará de amarte por nada de lo que hagas, digas o seas. Porque no conoce un estado sin amor. El amor es su esencia. Y eso es todo.

Suena hermoso. De verdad. Y aun así, frunzo el ceño.

Entonces el padre Gabriel extiende la mano y cubre la mía con la suya, tibia y firme. —Para Él eres suficiente, Raffael. No lo dudes. La pregunta es otra: ¿por qué tú no te sientes suficiente?

Los hombros se me vienen abajo. Me muerdo el labio sin saber qué responder, porque la verdad es que no tengo idea.

—Todos merecemos ser felices. Tú también. —

Aprieta mi mano con una sonrisa limpia, sin sombra de juicio, y luego se toca el pecho con un dedo—. No dejes que el miedo te impida hacer lo que aquí adentro se siente correcto.

Después se pone de pie, inclina la cabeza a modo de despedida y regresa en silencio a la habitación detrás del altar.

Me quedo varios minutos mirando la puerta cerrada, dejando que sus palabras hagan eco en mi cabeza. ¿Y si tiene razón? Algo en lo que dijo me abraza por dentro. Una calma tibia que, por primera vez en mucho tiempo, me permite levantarme del suelo con el pecho un poco más liviano. Respiro hondo. Busco otra vez la mirada del Salvador en el enorme cuadro. Sigue transmitiendo la misma serenidad que cuando entré.

Aprieto los labios y alzo la mano en un gesto torpe de despedida antes de salir por fin de la iglesia y volver al auto.

Es hora de conducir hasta Eastbourne.

El lugar también conocido como el País de las Maravillas.

No sé si es el miedo a regresar o si simplemente quiero alargar el silencio del camino, pero mantengo el pie ligero sobre el acelerador y tardo más de lo normal en llegar al límite del pueblo.

Cuando por fin entro a Eastbourne, tomo las mismas calles que recorrió Sebastian hace dos semanas y, poco después, giro hacia el callejón donde vive su hermana. Apenas doblo la esquina, un cosquilleo tenso me sube por la nuca al recordar las palabras venenosas de la vecina de Claudia. Que los gays merecen que…

No. Basta.

La última vez permitió que esa mujer me robara el País de las Maravillas. Hoy vine a recuperarlo. Y por difícil que sea, no voy a dejar que la ignorancia ajena vuelva a instalarse en mi cabeza. Hay cosas mucho más hermosas en las que pensar.

Reduzco la velocidad al avanzar por el callejón y respiro hondo. No me atrevo a estacionar frente a la casa de Claudia; me quedo unos metros más arriba, del lado contrario de la calle. Desde aquí tengo vista directa al bungalow blanco, impecable, con marcos de madera en las ventanas y la cerca baja de estacas.

Apago el motor y, sin soltar el volante, apoyo la cabeza contra el respaldo para observar la casa.

La puerta principal está abierta. El portón, cerrado. En el césped, un pequeño ángel de coletas rubias y vestido rojo remueve con concentración el contenido de una olla imaginaria usando una cuchara de madera. Sonrío cuando Michelle arranca un puñado de pasto, lo echa dentro y después agrega, con total seriedad, las cabezas de tres margaritas.

¿Preparando una sopita deliciosa, pequeña?

Claudia está de espaldas a mí, junto a su hija, con los brazos en alto mientras desengancha unas pinzas de un juego enorme de sábanas. El sol cae de lleno sobre la tela blanca y me obliga a entrecerrar los ojos. Ella la baja, la dobla sin demasiada prolijidad y la deja en la canasta a sus pies. Luego se acomoda la blusa de rayas azules y blancas, se recoge el cabello negro en una cola de caballo y se inclina para levantar la ropa. Con la canasta apoyada en la cadera, rodea la esquina de la casa. Pero cuando alza la vista y me descubre, se queda quieta. A través del parabrisas del Corvette nos sostenemos la mirada durante dos respiraciones enteras. Después inclina la cabeza, me regala una sonrisa amable y da un par de pasos cautelosos hacia mí.

Exhalo, entendiendo la invitación silenciosa. Finalmente me quito el cinturón y bajo del auto. A esta hora no pasa ni un alma por el vecindario; deben de estar todos trabajando o almorzando puertas adentro. Cruzo la calle casi a regañadientes hasta quedar frente a la cerca.

Claudia todavía me observa, sorprendida, quizá confundida. Avanza un poco más y mira hacia ambos lados antes de que yo le diga en voz baja: —Vine solo. Sebastian no sabe que estoy aquí.

Asiente, deja la canasta en el suelo y se acerca para abrir el portón. Sin previo aviso me envuelve en un abrazo firme. —Hola, Raffael.

Le devuelvo el abrazo y me lleno los pulmones con su olor a jabón y sol. —Hola.

El movimiento junto a la cerca interrumpe el juego de Michelle. Levanta la cabeza y, en el instante en que me reconoce, se le encienden los ojos como si alguien hubiera encendido un cielo entero dentro de ella. Su pequeña exclamación convierte su carita en lo más tierno que he visto en semanas. Deja caer la cuchara, se pone de pie a toda prisa y corre hacia mí con esos pasitos inseguros que me derriten.

Sonriendo, me suelto de Claudia, me agacho y abro los brazos para recibir a mi angelito vestido de rojo. Michelle, ligera como un ramo de flores, me pasa los dedos por el cabello y lo observa fascinada mientras me pongo de pie con ella en brazos. No necesitamos palabras; nunca las necesitamos. Entre nosotros fluye algo más hondo, algo que lo dice todo.

Dios, cómo amo a esta niña.

En los ojos de Claudia todavía veo preguntas sin resolver, así que caminamos hacia la casa y me siento en los escalones de la entrada. Michelle se acomoda en mi regazo y me estudia el rostro con esos enormes ojos azules. Claudia deja la canasta en el piso y se sienta a mi lado, apoyada en el poste del porche, girando el cuerpo hacia mí. Se quita las sandalias blancas con un leve movimiento y cruza las piernas; el bronceado del verano resalta sobre el color vibrante de sus capri. Apoya las manos sobre las rodillas y espera. Sé qué quiere escuchar. Solo no sé cómo empezar.

—Lo siento… —murmuro al fin, sin mirarla de frente—. Por haberme ido así la última vez.

Su expresión se transforma al instante. —¡No, Raffael! No tienes nada que disculpar. —Me toma el antebrazo—. Fue una situación horrible. Cualquiera habría reaccionado igual.

Escuchar eso me alivia más de lo que esperaba. Asiento y respiro hondo. El aire huele a flores y a pasto recién cortado. —Antes de que todo se arruinara… —

me encojo de hombros—. La pasé muy bien aquí. De verdad. Y quería agradecerte por recibirme así.

—No tienes que agradecer nada. —Su mirada va hacia la puerta detrás de mí y vuelve—. Esta casa es tuya cuando quieras.

El gesto me llega al pecho. Michelle se mueve inquieta y la ayudo a bajar de mi regazo. Vuelve con su olla improvisada llena de agua, pasto y margaritas, se sienta frente a nosotros y continúa revolviendo su "sopa" con la cuchara de madera. Me inclino hacia adelante, apoyo los antebrazos en las rodillas y entrelazo los dedos mientras la observo cocinar con absoluta concentración.

—¿Cómo estás? —pregunta Claudia en voz baja.

Le lanzo una mirada de costado y ladeo la cabeza. —Mejor… —Suena casi dudoso, aunque no lo es. Estoy aquí. De vuelta en el País de las Maravillas. Y, por ahora, no siento ganas de salir corriendo a vomitar detrás de un árbol. Supongo que eso ya es un avance.

—Me alegra. —Aprieta los labios un segundo y luego me dedica una sonrisa tibia—. ¿Qué pasó después de que volviste a Londres?

Parpadeo varias veces. Tomo aire y empiezo a contarle todo lo que ha pasado entre su hermano y yo en estas últimas semanas, aunque estoy casi seguro de que ella ya lo sabe. Son increíblemente unidos. Él debe de habérselo contado.

Claudia no me interrumpe ni una sola vez. Me escucha en silencio, dejándome hablar. Y es raro, pero también es un alivio enorme poder decir en voz alta lo que ha estado ocurriendo en mi vida y dentro de mí desde que terminé con Sebastian. Ni siquiera Tanya o Felix conocen la historia completa.

Cuando llego a la parte de la noche de la carrera, sus ojos se abren con auténtica sorpresa. Tal vez Sebastian no le contó todo. Quizá tampoco lo veía capaz de engañar a nadie. Aun así, noto que aprueba su manera de sacudir las cosas entre nosotros, aunque haya empezado con algo tan mínimo como unos mensajes. Y también noto cuánto le gusta esa parte. Se le nota en la mirada, en esa expresión casi derretida que no logra disimular.

Mucho después de que termino, se pone de pie y recoge la canasta de ropa. —¿Puedes quedarte con Michelle un momento? Necesito meter esto y revisar el pastel de pasta en el horno. —Cuando asiento y ella ya va hacia la puerta, añade por encima del hombro—. ¿Quieres tomar algo? Creo que todavía queda refresco en el refrigerador.

—Sí, gracias. Lo que sea está bien.

Cuando se mete a la casa, apoyo los brazos en las rodillas y dejo caer la barbilla sobre ellos, sonriendo al ver a Michelle darle cucharadas de su sopa imaginaria a algún invitado invisible. Una mariquita empieza a trepar por su piernita desnuda entre el pasto. Tarda unos segundos en notarlo y entonces se queda rígida, confundida. En vez de quitársela, se levanta y empieza a girar sobre sí misma, dando pasitos hacia atrás, como si pudiera huir del bichito que le sube por la piel. Su mente todavía no encuentra la solución.

Bajo un escalón y la rodeo con un brazo. Con cuidado, atrapo la mariquita con el índice antes de que desaparezca bajo su vestido y se la sostengo frente a los ojos.

Frunce el ceño, formando una pequeña V entre las cejas, y examina el puntito rojo. Luego lo toca con la yema del dedo, con infinita delicadeza. Como si ese fuera el conjuro correcto, la mariquita abre las alas y sale volando hacia el sol.

Michelle corre tras ella, pero enseguida se distrae con una piedra en el jardín. La recoge, vuelve conmigo y la deja caer en la olla como si fuera el ingrediente secreto de su receta.

En ese momento, una lata de Sprite aparece en mi campo de visión. Subo otra vez al escalón, abro la anilla y doy un trago mientras Claudia se sienta a mi lado. Dejo la lata en el porche, al otro lado, cruzo los brazos sobre las rodillas dobladas y apoyo la mejilla en ellos, mirándola. Ella sostiene una taza de café humeante entre las manos. Una brisa ligera mueve los mechones oscuros que se han escapado de su cola de caballo.

Sopla con cuidado el café, pero sus ojos brillan con una culpa evidente, como si evitara mirarme de frente.

—Lo llamaste para decirle que estoy aquí, ¿verdad? —La sonrisa se me cuela en la voz cuando caigo en cuenta de por qué tardó tanto allá adentro—. ¿Cuánto falta para que aparezca?

Claudia mira su reloj y hace una mueca. —¿Un par de horas, quizá?

Mi corazón no sabe si acelerarse por los nervios o por la expectativa. Lo obligo a calmarse. Dos horas siguen siendo dos horas.

—¿No tiene que trabajar hoy?

—Oh, sí. Claro que sí.

Entrecierro los ojos. —¿Y aun así va a venir?

—Obviamente todavía no conoces bien a mi hermano. —Su risa es suave, cómplice—. No hay nada en el mundo que pudiera detenerlo una vez que supo que estás sentado afuera de mi casa.

Cierro los ojos un instante y dejo que el sol me caliente el rostro. La idea me deja una sensación tibia en el pecho.

—¿Te quedas a comer con nosotros? —pregunta Claudia unos segundos después.

Levanto la cabeza y le devuelvo la mirada a sus ojos azules, llenos de invitación. Una sonrisa me curva los labios. —Me encantaría.

CAPÍTULO 11

Raffael

Después de almorzar con las chicas Rhyse, ayudo a Claudia a recoger la mesa y saco a Michelle de la sillita para que pueda volver al jardín. La observo un momento, hasta que el último vuelo de su vestido rojo desaparece al doblar la esquina, y entonces miro el reloj. El tiempo se me ha ido volando desde que Claudia me abrió el portón. Un cosquilleo nervioso me recorre el estómago mientras espero escuchar el Honda detenerse afuera en cualquier instante.

Cuando meto el último plato en el lavavajillas, me muerdo el labio y por fin me animo a preguntarle a Claudia: —¿Te molesta si subo un momento al cuarto de Sebastian antes de que llegue?

Ella mira hacia la puerta principal y luego hacia el arco al fondo de la casa, donde las escaleras conducen al antiguo dormitorio de Sebastian. Las comisuras de sus ojos se arrugan con una sonrisa tibia.

—Claro. Seguro que a Bash le encantaría.

No estoy tan seguro de que le encante, pero ella lo conoce mejor que yo. Con su aprobación, salgo al pasillo y empiezo a subir despacio. Dios… la avalancha de recuerdos que me golpea es lo bastante fuerte como para hacerme retroceder. Aprieto los dedos alrededor del pasamanos y cada escalón pesa más que el anterior.

En el descansillo me detengo. Me quedo mirando la puerta cerrada. Detrás de esa puerta pasaron cosas. Cosas hermosas. Cosas prohibidas. Cosas que todavía me asustan y que, aun así, me cambiaron para siempre.

Respiro hondo y avanzo los últimos pasos. Giro el picaporte y entro en silencio.

El aroma cálido de la casa durante las últimas horas ya me recordaba a Sebastian. Pero lo que me envuelve ahora, apenas cruzo el umbral, es su olor. El suyo. Me roza la cara, se me mete por la nariz, me atraviesa. Casi me deja sin fuerzas.

Las cortinas azules se mecen junto a la ventana entreabierta. Dejo la puerta tal como está y suelto el pomo frío de latón al dar un paso adentro. Todo luce exactamente igual. Ni un solo detalle ha cambiado desde la última vez que estuvimos aquí.

Camino despacio, como si el aire fuera más denso. La cama, en el centro de la habitación, parece atraerme con una fuerza invisible. Las sábanas y las almohadas siguen siendo de ese lino celeste de hace dos semanas, perfectamente estiradas. Una manta de un azul más oscuro cubre el edredón. Todo está intacto. Igual que en mi memoria. Incluso el marcador negro permanente continúa sobre la cómoda junto a la cama. El que usé para dibujarnos sobre su piel.

Seguro que los trazos ya desaparecieron de su vientre. El marcador aguanta, pero ni siquiera eso sobrevive más de una semana entre duchas. Tomo el plumón y lo aprieto entre los dedos. Por un instante lo llevo contra mi pecho, cierro los ojos. Respirar me duele.

Lo dejo otra vez en su lugar y entonces veo un bulto de tela negra en el suelo, al pie de la cama. Su sudadera. La que llevaba el día que vinimos aquí. Se la quitó sin pensarlo antes de que durmiéramos juntos. A la mañana siguiente lo eché con tanta prisa que ni siquiera tuvo tiempo de recoger sus cosas. Cuando regresamos a Londres, solo llevaba los shorts anchos y la camiseta negra sin mangas de aquel desayuno desastroso.

Me agacho y recojo la sudadera con cuidado. Está tibia por el sol que ha entrado por la ventana durante horas. Tibia como su piel. Siempre caliente, como si guardara el calor del verano bajo la ropa. Y ese olor… almizcle, sol, algo que es únicamente suyo. Apoyo los codos en los muslos y acerco la tela a mi rostro. Inhalo despacio. Profundo.

¿Me rendí demasiado pronto…?

Al incorporarme, me doy cuenta de que no tengo la respuesta. Ya no estoy seguro de nada. No sé si un amor que nace así merece enfrentarse a un mundo capaz de destruirlo. No sé si el miedo justifica soltar algo tan inmenso cuando siento que he estado esperando esto toda mi vida… sin siquiera saberlo.

Todo es demasiado. Demasiado complicado. Demasiado confuso.

Dejo la sudadera sobre la cama y me acerco a la ventana. Desde aquí se ve una parte del jardín, en el lado sureste de la casa, y también la calle. A través del vidrio distingo el lugar donde dejé el Corvette, al otro lado, porque me dio miedo estacionarlo justo frente a la reja. Mi teléfono sigue en el asiento del copiloto, apagado.

De pronto me pregunto qué me habrá escrito Sebastian anoche… y quizá también hoy. Mensajes que siguen ahí, sin leer. ¿Serán dulces? ¿Serán de esos capaces de convencerme de enfrentar mis miedos?

¿Quiero que lo sean?

Y otra vez… no tengo la menor idea.

Entonces, el rugido grave de un escape y el sonido inconfundible de un motor que conozco demasiado bien se cuelan por la ventana abierta. La piel se me eriza al instante y la espalda se me pone rígida. Un Honda blanco precioso dobla la esquina al final de la calle y avanza hacia la casa. El sol golpea el parabrisas en un destello que oculta al conductor entre sombras. Pero saber que está ahí, tan cerca, que en segundos cruzará esa puerta, hace que el corazón me lata descompasado.

El auto desaparece detrás del muro. Sebastian nunca ha tenido miedo de estacionar justo frente a la reja. El motor se apaga. Una puerta se cierra de golpe. Luego, el chillido emocionado de Michelle entra por la rendija de la ventana, seguido de un alegre: —¡Hola, muñequita!

Es su voz. Clara. Familiar. Demasiado cercana.

—¿Dónde está el unicornio? —pregunta medio segundo después, ya desde dentro, y mis manos empiezan a temblar. Las apoyo en el alféizar y descargo el peso del cuerpo sobre ellas, intentando calmarme.

—Está en tu cuarto —lo delata Claudia con suavidad. Y luego añade algo que me obliga a cerrar los ojos un instante, mientras un calor extraño me inunda el pecho—. No lo arruines, Bash. Es un chico muy especial.

—Lo es —responde él.

Y enseguida escucho sus pasos subiendo las escaleras. De dos en dos. Rápidos. Decididos. Pero al llegar al descansillo, disminuye el ritmo. Después, silencio. Se detiene en la puerta.

No necesito mirarlo para saber que está ahí. Lo siento. Cada uno de sus movimientos vibra en el aire. Su presencia llena la habitación, presiona contra mi espalda, me pone la piel de gallina. Aunque todavía no me toque, ya me deja sin aliento.

No sé qué estará pensando. No sé por qué guarda silencio. Pero siento su mirada clavada en mi nuca.

—Hola —murmuro, todavía de cara a la ventana.

Qué raro que sea yo quien rompa el silencio.

En el reflejo del vidrio distingo su silueta. Lleva los mismos shorts caqui, amplios, que la última vez que estuvimos aquí. Esta vez con una camiseta negra. Un texto blanco cruza su pecho —el nombre de alguna banda, supongo—, aunque no alcanzo a leerlo bien. El cabello oscuro le cae desordenado sobre la frente, revuelto por el viento. Hoy no trae gorra.

Cuando se mueve despacio hacia mí, mis pulmones se llenan de aire sin que yo lo decida.

—Hey… —dice a mi espalda.

Nuestras miradas se encuentran en el reflejo. Su voz es baja, ronca, y las mariposas vuelven a agitarse bajo mi piel.

Siento algo tibio rozar mi meñique. Bajo la vista. Su mano descansa junto a la mía en el alféizar, apenas atreviéndose a ese mínimo contacto. Lleva una bandana enrollada alrededor, como si fuera una venda. Parece que el golpe con la barra fue más serio de lo que creímos. Debió dolerle, sobre todo al manejar.

—¿Por qué estás aquí, Raffael? —pregunta con una suavidad confundida que me arranca de mis pensamientos.

Me encojo de hombros. Si yo supiera la respuesta, todo sería mucho más fácil.

Se me cierra la garganta. Tenerlo al lado ordena algo dentro de mí. Como si cada pieza encontrara su lugar. Y, al mismo tiempo, esa alarma vuelve a encenderse. La advertencia de que estoy cruzando otra vez la línea que prometí no cruzar.

—¿Por qué siempre termino parado entre dos extremos que no pueden tocarse? —digo con la voz áspera.

El silencio se espesa unos segundos.

Entonces se acerca más. Se coloca justo detrás de mí.

—¿Cuáles extremos? —susurra.

Su aliento tibio me roza la oreja. Sus manos cubren las mías y sus dedos se entrelazan con los míos.

Su pecho firme se apoya contra mi espalda. Ese contacto me da la fuerza que necesito para hablar.

—Una parte de mí quiere esconderse detrás de un muro. Levantar ladrillos, aislarse de todo lo que guarda este mundo cruel… —respiro hondo y aprieto las manos contra el alféizar, atrapando sus dedos entre los míos. Mi voz apenas sale—. Y la otra parte te quiere a ti.

—¿Cómo puedo ayudarte? —Sus labios rozan la piel detrás de mi oreja y, aun así, nuestras miradas siguen ancladas al reflejo del vidrio frente a nosotros.

—No sé si puedas. —Se siente tan bien tener sus manos entrelazadas con las mías… pero eso no basta para cambiar mi vida. Para cambiar quién soy. Para cambiarlo todo. No sé si alguna vez logre comprenderlo—. Si miras por la ventana… mira hacia allá. ¿Qué ves?

Percibo su vacilación antes de que responda, con

cuidado: —Una casa. Un árbol… Dos niños jugando en el jardín.

Asiento apenas.

—¿Sabes qué veo yo?

—¿Qué?

—Veo un hogar donde quizá viven personas convencidas de que saben cómo debería ser todo. Gente que te sonríe con amabilidad cuando te cruzas con ellos en la calle. Pero si descubren que tus decisiones no encajan con su idea del mundo, dejan de aceptarte. Te miran como si fueras algo sucio. Como si fueras una enfermedad. No te quieren aquí. Quieren borrarte… —Un puño invisible me oprime el pecho cuando, por fin, dejo salir la verdad—. A veces es tan difícil mirar eso de frente.

Sebastian no se mueve. Permanece detrás de mí, en silencio, hasta que su mirada vuelve a encontrarse con la mía en el reflejo.

—Entonces cierra los ojos, Raffael… —La punta de su nariz roza el costado de mi cuello y un escalofrío me recorre entero—. Y deja de mirar —susurra, dejando un beso sobre mi piel.

Aprieto los párpados ante esa sensación, pero al segundo los abro de golpe.

—No sé cómo…

Sus manos sueltan las mías y el frío me invade al instante. Da un paso atrás y me roba el calor de su cuerpo. Lo extraño de inmediato. Apenas lo soporto. Pero vuelve enseguida y esa sensación de seguridad regresa con él.

—Confía en mí… —murmura junto a mi oído.

Siento la tela cuando se quita la bandana de la mano y la coloca sobre mis ojos.

La oscuridad me atraviesa como un golpe. Todo mi cuerpo se tensa. El corazón se me detiene por un segundo.

—No tengas miedo. Estoy aquí contigo —dice con suavidad.

Con cuidado, ata la tela detrás de mi cabeza. Su voz es apenas un susurro que me roza la piel.

—No voy a dejar que te caigas, Raff.

Me aferro al alféizar mientras sus labios recorren mi pómulo y bajan por el costado de mi cuello.

—Solo confía en mí —repite tan bajo que casi parece un pensamiento.

Sus dedos se enganchan en el cuello de mi sudadera y la bajan apenas lo suficiente para que deposite un beso en el hueco entre mi cuello y mi hombro.

Sin pensarlo, inclino la cabeza para rozar su mejilla con la mía. Él besa una línea lenta hasta la base de mi garganta y luego me gira con suavidad hasta dejarme frente a él.

No veo nada. Pero sé que está ahí. Tan cerca que el aire entre nosotros chisporrotea. Siento un cosquilleo en los labios. Hambre. Deseo.

Su mano se amolda a mi rostro. Es áspera y tierna al mismo tiempo, cálida, con la dureza de alguien que trabaja con el cuerpo. Apoyo la mejilla en su palma un instante antes de que sus dedos bajen por mi cuello, mis hombros, mis brazos… hasta encontrar mis manos otra vez.

Entrelaza sus dedos con los míos.

Aprieta.

Yo aprieto de vuelta.

La punta de su nariz roza la mía mientras eleva mis brazos por encima de la cabeza. Avanza despacio, con una presión apenas perceptible, hasta que quedo atrapado entre su cuerpo y la pared.

Cada centímetro de mí se enciende. Como si el aire entero de la habitación ardiera con nosotros. Ya no sé si seguimos en su casa en Eastbourne o si estamos a las puertas del infierno.

Solo sé una cosa.

Aquí.

Aquí es donde quiero estar.

Un cóctel embriagador de adrenalina y mariposas me estalla en el estómago.

¿Qué demonios me está haciendo?

—¿Vas a usar otra vez la palabra de seguridad conmigo? —pregunta contra mis labios, apenas rozándolos, lo justo para que mi boca se abra.

Frunzo el ceño detrás de la bandana.

—Tal vez... —murmuro con una mezcla de sinceridad e inseguridad, sintiendo la suavidad de su boca, el leve raspar de su barba y el calor de su aliento.

Con un mordisco suave atrapa mi labio inferior entre los dientes y pasa la lengua por él. Cada célula de mi cuerpo se pone en alerta.

—Es una respuesta con la que puedo trabajar —susurra, todavía rozando mi boca.

Tan cerca. Y todavía sin besarme de verdad.

Intento mantener la respiración lenta, profunda. Cada vez que lleno los pulmones, su olor a verano tibio me invade la cabeza y amenaza con arrastrarme lejos. Lejos del infierno. Lejos de Eastbourne.

El País de las Maravillas está a un paso… lo siento. Entre nosotros. Dentro de mí.

Cuando Sebastian se aparta apenas, no sé hacia dónde va, pero mi cuerpo quiere seguirlo. No veo nada, pero sé que ahora mismo iría detrás de él sin dudar.

Como si nuestros labios estuvieran unidos por un hilo invisible, su retirada me obliga a separar la cabeza de la pared. No me deja alejarme mucho; sus manos siguen presionando las mías contra la superficie fría. Pero esos pocos centímetros bastan.

Su boca me espera.

Con una lentitud casi insoportable, desliza los labios sobre el arco de mi labio superior, ligero como una pluma. Me amoldo a él. Tomo lo que me da. Lo poco que decide ofrecerme.

Y nunca es suficiente.

Cuando por fin profundiza el beso y yo abro la boca para recibirlo, todo en mí arde. Por su contacto. Por su boca. Por sus labios recorriéndome. Por su lengua sobre mi piel. Por sus brazos envolviéndome y sosteniéndome. Ahora. Esta noche. De madrugada. Y durante todo lo que nos quede de vida.

Dios… cómo extraño a este hombre.

Su lengua se desliza dentro de mi boca y roza la mía

apenas una vez. Es un contacto mínimo, casi nada. Pero el fuego que desata podría incendiar la ciudad. Como si hubiera encendido una mecha dentro de mí, la chispa recorre mi cuerpo y estalla en el vientre.

Sebastian inclina la cabeza, acomodándose mejor, y la anticipación de volver a besarlo de verdad casi me deja sin fuerzas.

—¿Michelle? —la voz de Claudia llega desde abajo y me sacude de golpe—. ¿Adónde vas?

—¡Tío Bash! —responde la pequeña.

Sus pasos ya resuenan en la escalera. El sonido corta el momento como unas tijeras.

Echo la cabeza hacia atrás.

—No, cariño, ahora no puedes subir —dice Claudia, más cerca esta vez—. Ya va a bajar.

Sebastian se ríe contra mis labios, como si nada pudiera alterarlo.

—¡Está bien, Claudia! —grita—. ¡Déjala subir!

Se oyen risitas y pasos acelerados.

Sigo esperando que me suelte. Pero en vez de eso, su boca se estrella contra la mía en un beso rápido, intenso, casi feroz. Termina antes de que pueda asimilarlo, justo cuando Michelle aparece en la puerta.

—Esto todavía no termina —murmura contra mi piel.

Luego me suelta y se vuelve hacia la niña.

Intento recuperar el aliento mientras me quito la bandana. Lo primero que veo es a Sebastian alzando a Michelle en brazos, haciéndola girar en el aire. El vestido rojo se abre como una flor.

—¿Quieres ir al jardín? —le pregunta con una sonrisa luminosa—. Tu mamá me dijo que te consiguió un columpio para el árbol. Si Raffael se queda un rato más, podemos instalarlo juntos.

Me lanza una mirada ladeada que se me mete bajo la piel y me guiña un ojo antes de salir con la pequeña escaleras abajo.

Llevo la mano al pecho y respiro hasta que el corazón deja de golpearme las costillas.

Quizá no me mate quedarme un poco más.

Tal vez una hora.

O dos.

CAPÍTULO 12

Sebastian

Pasar tiempo con Raffael es lo único que me importa. Me da igual si nos devoramos en mi habitación o si estamos intentando colgar un columpio para una niña en un árbol. Basta con que me lance una de esas miradas de reojo, furtivas, para que el corazón se me suba a la garganta y me pase el resto de la tarde sonriendo como un imbécil.

La estructura ya casi está lista, y Raff pelea con la cuerda para hacerla pasar por el último gancho metálico. Cuando me acerco a ayudarlo, aprovecho para rozarle los dedos y entrelazarlos con los míos, como si fuera lo más natural del mundo. Pero él retira la mano de inmediato y se muerde el labio inferior. Me imagino el esfuerzo que debe hacer para permitirse siquiera ese mínimo gesto aquí afuera, a la vista de todos. Y eso me llena de un orgullo que me aprieta el pecho. Orgullo y felicidad.

Cuando terminamos y el columpio nuevo de Michelle queda colgado de la rama más gruesa del cedro, firme y perfecto, me siento en el asiento y me impulso un poco para probar si aguanta. Si las cuerdas soportan mis ciento sesenta libras, pueden con una bebé sin problema.

Raffael se queda frente a mí, examinando cada detalle con esa concentración casi obsesiva suya. El arquitecto que lleva dentro no descansa nunca. No pasan ni tres segundos antes de que sus ojos abandonen las cuerdas y suban hasta mi cara. En cuanto se topan con mi expresión, tan fija, tan clara en mis intenciones, suelta un pequeño jadeo. Me fascina lo fácil que es insinuarle con una mirada que estoy a punto de besarlo.

Lo entiende al instante. Se queda rígido. Y se ve ridículamente adorable. Niega con la cabeza, despacio. Yo asiento, decidido, y bajo del columpio para acercarme a él sin apartarle los ojos de encima.

—No te atreverías… —murmura apenas, sin voz, y yo sonrío con descaro. Como si eso fuera a detenerme.

Siento el fuego correrme por las venas. —Claro que

sí —le respondo en silencio.

Pero justo en ese momento la puerta de la casa se abre y una niña sale corriendo hacia nosotros, abrazando un mapache de peluche contra el pecho porque no piensa estrenar el columpio sin él. Michelle, mi pequeña salvadora. La alzo en brazos y la siento en el asiento, empujándola con suavidad para que se acostumbre a su juguete nuevo. Su risa estalla por todo el vecindario y algo dentro de mí se derrite.

Mientras me concentro en mi sobrina, Raffael aprovecha para abrazar a mi hermana y despedirse. Levanto la cabeza de golpe hacia ese cobarde.

—¿Ya te vas?

El rostro de Claudia refleja la misma tristeza que siento yo al escuchar eso.

Raffael asiente y por un segundo su mirada se pierde en el horizonte. Son casi las cuatro y el cielo empieza a cubrirse de nubes oscuras. —Quiero llegar a casa antes de que se desate la tormenta —dice. Tal vez no lo logre, pero lo entiendo. Conducir bajo un aguacero no es precisamente divertido, y el pronóstico para esta noche era espantoso.

Claudia todavía le sostiene la mano cuando me lanza una mirada rápida y luego vuelve a sonreírle a Raff con cariño. —¿Vas a volver?

Raff me mira entonces, y esa sonrisa ladeada que me dedica me desarma por completo. —Tal vez. — Aprieta la mano de mi hermana y luego se acerca a nosotros. Cuando Michelle se balancea hacia él, la recibe con facilidad y la levanta del columpio. La pequeña le rodea el cuello con los brazos y se deja abrazar con confianza antes de que él me la entregue otra vez—. Nos vemos en Londres —me dice, con los ojos brillándole por esa promesa tímida de algún día.

—¿De verdad no vas a quedarte un poco más? —le reprocho.

Se muerde el labio otra vez, y sé perfectamente que es consciente del efecto que eso tiene en mí. —Me temo que si me quedo, ya no voy a encontrar la forma de irme.

Maldita sea. Puede que tenga razón.

Retrocede un par de pasos y le dice a Claudia: —Gracias por todo. —Luego se gira y cruza la calle hacia el Corvette. Antes de sentarse al volante, me lanza por encima del hombro una última mirada cargada de pura tentación. Un segundo después cierra la puerta, enciende el motor y se aleja despacio.

Que me parta un rayo si voy a dejar pasar este desafío.

Después de darle un beso rápido en la mejilla a Michelle y prometerles a mis chicas que volveré en cuanto el trabajo me dé un respiro, saco el control del bolsillo casi a ciegas y me meto en el auto. Las llantas chillan cuando arranco y hago una vuelta en U al final de la calle. Raffael me lleva un minuto de ventaja. Nada que no pueda recortar más adelante si le piso al Honda como se debe.

La hora pico en Eastbourne no tiene nada que ver con el caos de Londres a esta hora, pero es suficiente para frenarme. Apenas alcanzo a distinguir las luces traseras del Corvette al tomar las curvas, con cuatro o cinco autos metidos entre nosotros. Conozco un atajo que conecta con la carretera rural hacia el norte. En realidad es un poco más largo, pero ahora casi no hay tráfico, y eso significa que puedo acelerar sin tanta restricción.

Diez minutos después, me incorporo por la rampa a la A22. Solo hay dos autos avanzando en paralelo. El de adelante es Raffael. Aprieto el acelerador para alcanzarlo justo en el cruce. Con una sonrisa torcida, meto el Honda detrás del Corvette y enseguida me paso al carril contrario para adelantarlo con calma. Cuando ya voy delante, miro por el retrovisor y lo veo riéndose a través del parabrisas.

Raff acelera hasta pegarse casi a mi defensa trasera, provocándome. Yo respondo hundiendo el pedal. Como dos desquiciados, nos lanzamos por la carretera, nos rebasamos, nos dejamos atrás y volvemos a alcanzarnos. Somos dos proyectiles jugando sobre el asfalto y, si soy sincero, nunca me había divertido tanto manejando por el campo.

Solo cuando la lluvia empieza de verdad, a tres cuartos del trayecto, bajamos la velocidad al mismo tiempo y dejamos atrás el juego. Raff se coloca detrás de mí y me sigue por la carretera mojada como si nuestros autos fueran una pareja paseando bajo la lluvia. A un ritmo más sensato entramos por fin a Londres y nos mezclamos con el tráfico rumbo a casa. Pero no quiero que el día termine así.

En un semáforo, vuelvo a mirar por el retrovisor. A

través de los limpiaparabrisas que se mueven sin descanso, lo veo inclinarse hacia el asiento del copiloto y concentrarse en algo que sostiene en la mano. Sin pensarlo mucho, saco el celular y abro WhatsApp. Por fin está en línea. Y ya leyó mis mensajes de anoche y los de esta mañana.

Mierda. Me dejó dándole vueltas a lo último que escribió antes de dormirse.

De pronto aparece un emoji llorando de risa debajo de mi último mensaje, ese que escribí todo en mayúsculas: ¡HÁBLAME!

Se me escapa una sonrisa. Y, de inmediato, una idea.

En cuanto el semáforo cambia a verde y los autos empiezan a avanzar, bajo la ventana y saco el brazo bajo la lluvia. Le hago una seña para que me siga y no tome el siguiente giro, el que dividiría nuestros caminos y lo llevaría directo a su casa. No sé si va a entenderme ni si va a querer hacerlo, y durante los trescientos metros hasta el próximo cruce el corazón me golpea en la garganta.

Entonces se me dibuja una sonrisa idiota en la cara. No gira hacia Brook's Mews. Sigue detrás de mí entre el tráfico londinense.

Unos minutos más tarde llegamos a Primrose Hill y doblamos por Berkley Road. Estaciono frente a mi edificio. Raffael se acomoda tres autos más atrás y apaga el motor.

Cuando los limpiaparabrisas se detienen, la lluvia cayendo sobre el Honda convierte el parabrisas en una cortina de agua, como si estuviera dentro de un túnel de lavado. Apenas distingo nada afuera. Lo único que sé es que Raffael no se baja. ¿Necesita una invitación formal? Pues se la voy a dar.

Tomo el celular otra vez y le mando un mensaje breve por WhatsApp.

Yo
¿Quieres subir?

Lo lee al instante. La respuesta tarda un segundo que se siente eterno.

Raffael
Okay.

Esa es la señal que necesitaba para abrir por fin la puerta y salir bajo la lluvia torrencial. Un trueno retumba a lo lejos, aunque la tormenta más fuerte parece irse hacia el oeste y quizá ni siquiera descargue sobre Londres.

Con los hombros encogidos y la cabeza baja, corro hasta la entrada del edificio y me quedo allí, esperando a que Raffael llegue conmigo. No son ni diez metros los que cada uno tiene que recorrer, y aun así terminamos empapados hasta los huesos cuando nos refugiamos bajo el pequeño alero.

Raff se aparta el cabello chorreando hacia atrás y se pasa las manos por la cara, riéndose. —Sabes que podríamos habernos ahorrado el baño si hubiéramos ido a mi casa. Tengo estacionamiento subterráneo.

—Sí. ¿Y dónde estaría la gracia? —le guiño un ojo mientras abro la puerta del edificio y lo dejo pasar—. Además, he querido llevarte a mi casa desde el día en que nos conocimos. Esta vez no te me escapas.

Subo la escalera algo descuidada con Raff justo detrás de mí. Vamos dejando un rastro de gotas y pequeñas huellas mojadas a cada paso. Este edificio no tiene nada que ver con el lujo impecable en el que vive en Mayfair, pero ¿qué más da? Abro la puerta de mi departamento y lo invito a entrar primero. Luego nos quitamos los zapatos en el recibidor, empujándolos con el pie.

De inmediato noto el cambio en él mientras recorre el lugar con la mirada, despacio, curioso. Mi departamento cabría sin problema en su sala, pero es cálido. Y tener al hombre que amo dentro de este espacio tan mío hace que todo cobre otro peso.

Sus dedos rozan el borde del escritorio, pasan por los alféizares de las ventanas y finalmente se deslizan por el apoyabrazos del sofá pegado a la pared, a la derecha.

—Es lindo —dice al detenerse en medio de la habitación y girar hacia mí. El agua que escurre de sus jeans oscurece la alfombra beige bajo sus pies. De pronto vuelve a verse vulnerable, atento, como si estuviera evaluando cada detalle.

Dios, me dan ganas de comérmelo.

—Gracias —respondo, avanzando hacia él sin apartarle la mirada—. Sabes que en Eastbourne empezamos algo. Y pienso terminarlo. Aquí. Ahora.

Raff retrocede de inmediato un par de pasos. Se le escapa una risa nerviosa y levanta las manos en un gesto defensivo. —¡Espera!

—¿Por qué? —mi voz sale más grave, más áspera, y aun así sigo acercándome—. Anoche prácticamente dijiste que quieres ser mi novio.

Raffael sigue retrocediendo hasta que el alféizar a su espalda lo detiene. ¿Está mal que disfrute un poco este juego de acorralarlo?

Se aferra al borde con ambas manos y me mira entrecerrando los ojos. Esta vez hay más firmeza en su expresión, aunque todavía conserva ese brillo juguetón. —No dije eso.

—Claro que sí.

—Solo dije que me parece bien volver a salir contigo.

Me detengo a unos centímetros de él y apoyo las manos a cada lado de sus caderas, sobre el alféizar. —Es lo mismo —le susurro frente a la boca.

Riendo, me empuja el pecho con suavidad, lo justo para marcar distancia. —Está bien. Digamos que lo de ser pareja podría ser una posibilidad…

Ahora soy yo quien se ríe. Es adorable cuando intenta negociar, cuando busca ganar tiempo. Pero no le va a servir de mucho. Al final va a estar bajo mis sábanas, temblando, susurrando mi nombre contra mi piel…

—Hay reglas.

La frase me saca de golpe de mi fantasía. Parpadeo y

ladeo la cabeza, invitándolo a seguir.

—No soy como tú. Y no puedo convertirme en otra persona de un día para otro. —Su expresión pierde todo rastro de broma. Vuelve esa sombra de inseguridad—. Podemos intentar una relación, si eso es lo que realmente quieres.

Claro que lo es.

La presión de sus manos contra mi pecho se intensifica un poco. —Pero no sin ciertas condiciones. Y quiero que me prometas que las vas a respetar en todo momento.

Carajo. Con esa mirada de cachorro perdido, cualquier persona en el mundo lo abrazaría y lo protegería de todo. Es tan dulce que dan ganas de devorarlo… y repetir después en mi habitación.

Ignoro el leve empujón, me paso la lengua por los labios y me inclino hacia él, una risa baja vibrándome en el pecho. —A ver, dime tus reglas, copito.

—Podemos ser pareja en tu casa o en la mía. Incluso en la de Claudia, en Eastbourne. —Respira más rápido, pero no aparta la mirada—. Pero fuera de esos lugares… solo somos amigos. Nada de tomarnos de la mano. No vas a coquetear conmigo delante de nadie. Nadie tiene que sospechar que estamos juntos. Ni que yo podría ser…

Gay. No hace falta que lo diga. Lo entiendo.

Le tomo las manos, entrelazo nuestros dedos y las aparto de mi pecho para acercarme todavía más. —¿Qué más?

—Yo le voy a decir a Tanya y a Felix. Y también

decidiré cuándo estaré listo para contárselo a alguien más.

Es justo. Mientras habla, siento cómo la erección empieza a tensar mis jeans mojados. Me pego un poco más a él y presiono contra su entrepierna.

Raffael suelta un jadeo, los labios apenas abiertos, incluso cuando hace una pausa para respirar. Deslizo una mano hasta su nuca y apoyo mi frente en la suya. No aparto la mirada. Me late tan fuerte que me cuesta concentrarme en otra cosa que no sea quitarle la ropa.

Su voz baja junto con sus ojos. —Tampoco sé cómo me siento con respecto a… hacerlo como lo hicimos en Eastbourne.

Está bien. No todo el mundo quiere lo mismo. Una chispa traviesa me cruza la mirada. —¿Puedo cogerte en mi cumpleaños?

Levanta la vista de golpe y se le escapa una risa incrédula. —Tal vez te ganes una mamada si lo pides con educación.

Le sostengo la cara con ambas manos. Ya está. Se acabaron las reglas. —Trato hecho —murmuro antes de aplastar mi boca contra la suya y hacer exactamente lo que llevo queriendo hacer desde que lo vi junto a la ventana esta tarde.

Sin cautela. Sin reservas. Sin pensar demasiado. Lo beso porque lo quiero. Y lo quiero a él.

Ante la presión de mis labios, Raffael abre la boca al mismo tiempo que yo. Mi lengua entra y busca la suya. Lento. Profundo. En círculos. Le muerdo el labio, lo vuelvo a besar, y mi cuerpo se ajusta al suyo con firmeza.

No pasan ni tres segundos antes de que abandone toda resistencia y me corresponda con la misma intensidad. Sus manos suben por mi pecho, los dedos clavándose con fuerza. Me encanta esa presión. Me encantará ver las marcas mañana y recordar el instante exacto en que aceptó ser mi novio.

Suelto su rostro y engancho los dedos en la pretina de sus jeans. Estamos empapados, la tela pegada a la piel. Peleo con el botón, bajo la bragueta, y sus caderas reaccionan a mi impaciencia. Malditos jeans, parecen cosidos a su cuerpo.

No tengo paciencia para quitárselos todavía. Primero le subo la sudadera blanca y él levanta los brazos para sacársela por la cabeza. La prenda mojada cae al suelo. Ni me fijo dónde.

Lo aparto de la ventana y vuelvo a besarlo con hambre mientras lo guío por la sala. Apenas puede recuperar el aliento con mi boca pegada a la suya, pero ahora mismo no me importa nada más. Solo quiero llevarlo a mi habitación y hacerle sentir lo que llevo conteniendo todo el día.

He sido paciente. He esperado lo suficiente.

Pero esta noche es mía. Y nada va a impedir que desnude a este ángel islandés y lo haga estremecerse de placer sobre mis sábanas.

Las manos de Raffael ya están en el botón de mis jeans cuando avanzamos a trompicones por el pasillo hasta chocar contra la puerta del dormitorio. Estiro el brazo por detrás de él, la abro y lo empujo hacia adentro, quitándome la camiseta en el proceso y lanzándola a cualquier parte. Cada segundo en que mi boca no está sobre la suya es tiempo perdido. Y ya no pienso desperdiciar ni uno más.

Mis jeans están abiertos y mi erección lucha por liberarse de la tela empapada, pero tendrá que esperar. Por mucho que desee sentir su boca sobre mí, también quiero saborearlo yo primero. Y eso hago. Cuando cae hacia atrás sobre la cama, me subo encima y le capturo el labio otra vez antes de descender con besos y mordidas por su cuello, su hombro. Atrapo su pezón endurecido entre los dientes, lo succiono, y después marco su piel más abajo, dejando rastro sobre su abdomen.

Todo sucede deprisa. Quizá demasiado deprisa para él, porque los únicos sonidos que consigue emitir son jadeos entrecortados cada vez que mis dientes rozan su piel y vuelvo a morder o a succionar unos centímetros más abajo.

Siento sus músculos tensarse bajo mi boca, contraerse y relajarse con un ritmo que me invita a recorrerlo entero con la lengua. Le bajo los jeans lo suficiente para liberarlo de la tela húmeda. En ese instante contiene la respiración y en sus ojos aparece un destello de miedo.

Sigue dudando.

—Ya hemos estado aquí. Ya lo hicimos —murmuro contra su vientre, levantando la mirada hacia él mientras permanece rígido sobre mis sábanas, con las manos apoyadas en mis hombros—. No tienes nada que temer. Solo siente.

Aun así, reduzco el ritmo. Para él todo esto sigue siendo nuevo, y esta noche debe de ser demasiado intensa. No me gusta verlo nervioso conmigo. No voy a hacerle daño. Ni a exponerlo. Tal vez lo provoque de vez en cuando, pero también voy a cuidarlo. Ahora. Siempre.

Sin romper el contacto visual, me deslizo fuera de la cama y me arrodillo entre sus piernas. Paso las manos por detrás de sus rodillas y lo acerco con suavidad al borde del colchón para quitarle los jeans por completo. El bóxer también.

Su piel está fría y húmeda. Cuando beso el interior de su muslo, tiene sabor a lluvia y verano. Su erección es tan impresionante como la primera vez que la vi en aquella habitación de juegos. Me inclino y la recorro con la lengua desde la base hasta la punta, deteniéndome allí un instante. Su cuerpo reacciona de inmediato, reclamando más, pero me detengo para buscar sus ojos.

Los tiene cerrados con fuerza, la cabeza hundida en el colchón, los dedos crispados en la sábana. Si alguien lo viera así sin contexto, pensaría que está sufriendo.

Aunque sé que, a veces, la espera también duele.

Lo sostengo con la mano y vuelvo a rozarlo con la lengua antes de envolverlo con la boca. Lento. Profundo. Dejando que cada movimiento sea claro, deliberado.

Los sonidos que empiezan a escapársele me atraviesan el pecho. Sé que le gusta, pero todavía intenta contenerse. Se muerde cada gemido. Se frena.

Sabiendo que lo estoy llevando al límite, me aparto un segundo y me humedezco los labios, sin dejar de sostenerlo. Espero hasta que por fin abre los ojos y me mira, desorientado.

Entonces me inclino otra vez y lo recorro con la lengua una sola vez, despacio, como una promesa.

—¿Vas a decirme si te gusta? —murmuro sin apartar la mirada—. Es hora de que salgas de tu escondite, copito.

Desconcertado por mi pregunta, suelta una risa incrédula. —No te voy a decir nada, Rhyse.

—¿Ah, no? ¿Entonces prefieres que pare? —lo pincho, deslizando el pulgar por la punta hasta que su erección se estremece en mi mano—. Porque a mí me parece que te encanta.

—Te odio —gime entre dientes, al borde.

—Ya lo sé. —Sonrío y vuelvo a rozarlo con los labios antes de soplar suavemente sobre la piel húmeda—. Puedes odiarme y aun así disfrutar lo que te hago. Así que dime, Raff… ¿te gusta?

El sonido que se le escapa es casi un lamento. Podría darle ahora mismo el orgasmo que está pidiendo a gritos. Se lo ha ganado hoy, y más de una vez. Pero necesito que se permita sentirlo. Que lo reconozca. Ese es el primer paso.

—Es una palabra nada más —murmuro con suavidad, volviendo a envolverlo con la boca sin dejar que alcance el clímax—. Solo tienes que admitir que te gusta lo que estoy haciendo.

Lo mantengo ahí, al límite, jugando con la lengua y la presión justa de mis labios, mientras mi otra mano se afirma en su cadera y lo atrae más hacia mí. Siento cómo tiembla. Me pregunto cuánto más puede resistirse.

—Dios… sí —exhala al fin, aferrándose a las sábanas—. Me gusta. Me gusta lo que haces. ¿Contento? Ahora deja de torturarme.

Eso quería escuchar.

Con una sonrisa lenta, vuelvo a inclinarme sobre él y esta vez no me detengo. Le doy exactamente lo que necesita, llevándolo hasta el borde y más allá. Su cuerpo se arquea bajo el mío, el placer rompiéndole en gemidos abiertos que ya no intenta contener. Y lo sostengo ahí, acompañándolo, hasta que se deja ir por completo.

CAPÍTULO 13

Sebastian

Son las siete y media. Estoy tirado en la cama y soy absurdamente feliz, porque Raffael está conmigo. Después de lo que pasó entre nosotros en esta habitación, solo se puso los bóxers y dejó el resto de la ropa húmeda colgada sobre el radiador para que se secara.

Apoya la cabeza en la mano derecha, con el codo hundido en la almohada, y me mira desde arriba mientras sigue con la yema del dedo las líneas ya casi borradas de su dibujo sobre mi abdomen. Entre nosotros flota una calma tibia, envolvente, que no sentía desde hace muchísimo tiempo. Tengo el brazo izquierdo bajo su cuerpo y le acaricio despacio la piel suave de la espalda.

Su dedo avanza por mi pecho hasta el hombro izquierdo, donde los tatuajes maoríes se interrumpen de golpe. —¿Por qué no terminaste este brazo como el otro? —pregunta en voz baja, sin apartar la vista del camino que traza sobre mi piel.

—Porque lleva tiempo. Pero lo voy a hacer. Pronto. —Frunzo el ceño mientras intento recordar la fecha que marqué en el calendario y miro hacia la puerta—. Creo que tengo cita la próxima semana.

Su dedo regresa a mis pectorales. —¿Vas a repetir los mismos ornamentos del brazo derecho?

—¿Te gustaría? —Lo observo hasta que deja de seguir las líneas y al fin me mira. Hay algo distinto en sus ojos, algo que me descoloca—. ¿Qué pasa? —pregunto, todavía en un tono bajo, casi íntimo.

Raff se toma un segundo antes de decirlo. —Creo que me gusta tu brazo así como está.

Inclino la cabeza y lo miro de reojo, escéptico. —¿Así… sin tinta?

—Ajá. —Se muerde el labio inferior un instante—. ¿Es tan difícil de creer?

—Pues sí. —Me incorporo un poco y acomodo la almohada contra el cabecero—. O sea… tú, precisamente tú. Con tu obsesión por el orden. Por que todo tenga su lugar. Pensé que apostarías por la simetría sin dudarlo.

—Normalmente, sí. —Sigue recorriendo los dibujos de mi pecho, y tengo la impresión de que es una excusa para no sostenerme la mirada—. Pero tú casi no encajas en mi vida ordenada.

Atrapo sus ojos en silencio y espero. No voy a presionarlo. Si quiere explicarse, lo hará.

Aprieta los labios, se aclara la garganta. —Todo en ti es extraordinario. Eres lo extraordinario en mi vida. Y también me haces hacer cosas que no son precisamente normales. —Levanta la vista bajo esas pestañas claras y me atraviesa con sus ojos azul hielo—. Me gusta que eso se note en tus tatuajes.

Mierda. Pasé demasiado tiempo sintiéndome el que estaba de más, el que sobraba. Y ahora Raffael me suelta algo así, con esa mirada tímida, y ya estoy pensando en cancelar la cita en Dark Arts.

—Incompleto —añade en un murmullo casi inaudible—. Como a veces me siento yo...

¿En serio quiere romperme el corazón esta noche? Lo atraigo hacia mí y lo aprieto contra mi pecho, cerrando los brazos a su alrededor. Se le escapa una risa cuando cae encima de mí y pierde el aire. —Ese es el problema con ustedes, los cachorros —gruño en broma—. Son demasiado adorables cuando ponen esa carita.

—¿Cachorro? —repite, captando la provocación.

—Sí. —Hago un puchero exagerado y le tiro suavemente de los mechones que le caen sobre la frente—. Un Golden Retriever en toda regla.

Entrecierra los ojos, y entonces me giro hasta quedar encima de él. Sé perfectamente que podría aplastarlo con mi peso, pero me encanta sentirlo así, atrapado bajo mi cuerpo. A pocos centímetros de su boca, le sonrío. —No me mires así. A todo el mundo le gustan los perritos.

—¿A ti también? —dice entre risa y un jadeo que no logra controlar.

Apoyo las manos a ambos lados de sus hombros, me elevo apenas y sostengo su mirada. —Sí. A mí también.

Raffael se queda en silencio.

No estoy seguro de si acabo de decir más de lo que debería. Pero no pienso retractarme. Al contrario. Sello mis palabras con un beso suave en sus labios antes de rodar hacia un lado y salir de la cama. —¿Tienes hambre? —pregunto, con una sonrisa ligera para destensar el momento, mientras camino descalzo hacia la cocina.

Raff aparece quince segundos después. Le lanzo una Sprite y me quedo un momento frente al refrigerador abierto, revisando el interior casi vacío. Mucho para tomar, casi nada para comer. Maldición. —Creo que vamos a tener que pedir una pizza.

—Por mí, perfecto. —Raffael le da un sorbo a la lata y se sienta en uno de los bancos altos de la barra cuando suena el timbre.

Se le tensan los rasgos al instante. Se queda rígido, como si alguien hubiera apretado un botón. ¿Quién demonios podría…?

El timbre vuelve a sonar y una voz resuena desde el pasillo: —¿Sebastian? Soy Noah. ¿Estás?

Me quedo helado. La puerta del refrigerador se me resbala de la mano. —¡Mierda!

Y en cuanto lo digo, sé que no podría haber elegido una palabra peor. La expresión de horror en la cara de Raffael me golpea como una bofetada.

—¡Ya voy! —grito hacia la puerta, lo bastante fuerte para que Noah me escuche. Pero toda mi atención está en Raff. Ha perdido el color. Traga saliva con dificultad y le tiemblan los dedos. Me acerco y le quito la lata de la mano—. No es lo que estás pensando —le digo despacio, intentando que mi voz no delate el pánico. No sé si me oye.

Se aparta con brusquedad, cruza la habitación y empieza a vestirse a toda prisa. No deja de mirarme, atónito.

—Raffael, por favor…

—¡No! ¡Ve a abrir! —ordena, descompuesto.

Y entonces lo entiendo. Lo que más miedo le da no es que yo esté con otro hombre. Es que ese otro hombre descubra lo que estábamos haciendo hace apenas unos minutos.

Camino hasta la puerta, recojo mis pants del suelo y me los pongo mientras Raff, ya completamente vestido, se calza los zapatos detrás de mí. No puede irse creyendo que estoy viendo a alguien más. Con la mano en la perilla, me giro hacia él, desesperado.

—Raff —susurro, sintiendo el mismo vértigo que veo en sus ojos—. No es lo que crees…

—Cállate. —Su voz es un siseo afilado—. Ábrele y déjame salir. —Se endereza después de atarse los cordones y me sostiene la mirada—. Y luego déjame en paz, Sebastian.

No abrir solo levantaría sospechas. Y le prometí que jamás lo sacaría del clóset ante nadie. Así que no tengo opción. Destrabo la puerta y dejo entrar al arquitecto.

—Hola —dice Noah con una sonrisa cargada de intención antes de rozar con un beso la comisura de mi boca. Huele ligeramente a alcohol. Apoya la palma en mi pecho y levanta la botella negra que trae en la otra mano—. Traje vino para los dos.

Todo pasa demasiado rápido. No me da tiempo de apartarlo ni de aclarar nada, porque en el instante en que ve a Raffael detrás de mí, su expresión cambia. Se recompone de inmediato, adopta un aire profesional impecable.

Joder. ¿Qué señales le di cuando hablamos por teléfono? Aunque… no puedo fingir que no hubo nada. Hace no tanto compartimos momentos bastante cercanos en un club. Quizá esto también sea responsabilidad mía.

—¿Raffael…? —balbucea Noah, atrapado en esta escena absurda—. No sabía que tú…

—Estábamos jugando videojuegos, nada más —interrumpe Raff con una serenidad tan pulida que resulta casi artificial—. Pero ya me iba. Que la pasen bien.

Me quedo mirándolo, incrédulo, cuando le estrecha la mano a Noah con total compostura. La frialdad de sus últimas palabras deja claro qué cree que va a ocurrir aquí esta noche.

¿Cómo arreglo esto sin traicionarlo? Si intento explicarme, Noah va a asumir al instante que hay algo entre Raff y yo.

Estoy jodido.

Raffael pasa a mi lado. El roce de su hombro contra el mío me atraviesa como hielo. —Ni una palabra —me advierte entre dientes.

Luego sale y cierra la puerta tras de sí.

Me quedo inmóvil un segundo.

No. Esto no puede estar pasando.

*

Noah se va de mi departamento a las diez y cuarenta y cinco. Revisamos los planos que trajo y la verdad es que están muy bien. A Claudia le van a encantar. También me aseguro de dejarle claro, con toda la delicadeza posible, que no estoy interesado en una aventura de una noche, ni en algo casual, ni en nada que pueda complicarse más de la cuenta. El nombre de Raffael no aparece ni una sola vez. Me escudo en el trabajo y en una relación que salió mal hace tiempo. La botella de vino que trajo Noah se queda intacta sobre la mesa toda la noche.

Decir que realmente estuve concentrado mientras hablábamos de las remodelaciones sería mentir. Apenas la mitad de mi cabeza está ahí; la otra no deja de dar vueltas alrededor de Raff y de cómo diablos arreglar

166

esto. Le mando mensajes cada media hora. No marca ninguno como leído. Tampoco contesta mis llamadas.

Otra vez el silencio. Otra vez me ignora… No puedo decir que me sorprenda.

Gimo por lo bajo, me cubro la cara con ambas manos y me dejo caer contra el respaldo del sillón. Pero no puedo irme a dormir como si nada. Cada vez que parece que avanzamos un paso en esta relación, al siguiente retrocedemos dos. Si no hago algo esta noche, esto va a terminar de rompernos. De romperlo a él. No soporto verlo sufrir, y tampoco quiero volver a salir despedazado.

Después de intentarlo una vez más y que el buzón de voz salte tras varios tonos, lanzo el celular a un lado y me pongo de pie. Cuando Noah estaba aquí, me puse una sudadera con capucha para no darle señales equivocadas. Ahora me quito los pants, me pongo unos jeans y me calzo los zapatos. Tomo las llaves del cuenco junto a la puerta, bajo al estacionamiento, enciendo el Honda y salgo rumbo a Londres. Quince minutos después, estoy en Mayfair.

Justo cuando voy a presionar el botón del intercomunicador, la puerta se abre y sale un hombre mayor. Me mira como si me reconociera y me dedica una sonrisa amable mientras me sostiene la puerta. Me viene perfecto. Dudo mucho que Raffael me hubiera dejado entrar o siquiera respondido por el interfono. La otra opción sería usar el ascensor privado que lleva directo a su departamento, ya que nunca ha ocultado el código. Pero eso sería cruzar una línea peligrosa. Mi último recurso.

Subo en el ascensor público hasta el noveno piso. Me sujeto del pasamanos a la altura de las caderas y observo los números cambiar, con el ceño fruncido. Traigo un discurso preparado desde el camino. Lo repaso mentalmente una vez más, cuidando cada palabra, buscando cualquier cosa que pueda prestarse a una mala interpretación.

Cuando presiono el timbre bajo su nombre, estoy tan alterado que tengo que contenerme para no empezar a golpear la maldita puerta hasta que dé señales de vida. Pero, para mi absoluta sorpresa, escucho movimiento al instante y tres segundos después la puerta se abre.

La expresión en su rostro me deja claro que esperaba a otra persona.

—Hola… —murmuro.

Se queda inmóvil, pálido, mirándome como si quisiera atravesarme. El odio y la rabia empiezan a deslizarse por sus ojos. Se mueve para cerrarme la puerta en la cara, pero reacciono por instinto y apoyo la palma contra la madera antes de que lo logre. —¿Podemos hablar, por favor? —le pido.

Raff retira la mano del marco y levanta lentamente la muñeca para mirar el reloj. Las líneas alrededor de su boca están marcadas, tensas; sus ojos, fríos como una tormenta en el Ártico. Es un gesto calculado, una provocación helada que remata cuando vuelve a clavar la mirada en mí. Mantiene los labios apretados mientras exhala despacio por la nariz, como si respirara hielo.

Y en ese instante lo sé.

No importa lo que diga.

En su cabeza, me acosté con Noah. Por eso tardé tanto en venir.

O al menos eso es lo que ha decidido creer.

Con los brazos apoyados en el marco de la puerta, dejo caer la cabeza. Siento el peso del mundo sobre los hombros, más pesado de lo que puedo cargar ahora mismo. Respiro hondo. Tal vez debería darme la vuelta y volver a casa. Dejarlo solo, que arregle su vida y haga las paces con esos sentimientos que tanto lo asustan. Y lo haré. En un minuto… Porque hay algo que necesita oír, le guste o no. Trago saliva, me paso la lengua por los labios y alzo el mentón otra vez. —¿Sabes lo que yo creo, Raffael?

Tal vez es la calma en mi voz lo que lo hace quedarse donde está y arquear una ceja con desafío.

—Sabes que no te engañé. Ni siquiera te asusta la idea de que pueda conocer a otro hombre. De que pueda besarlo y que eso signifique algo. —Tomo aire y sostengo su mirada helada—. Lo único que haces es buscar una excusa para salir corriendo otra vez. Porque te da miedo besarme a mí… y que eso sí signifique algo para ti.

Suelta una risa corta, sin humor. Pero no se mueve del umbral.

—Soy peligroso para ti, ¿no? —La tristeza me aprieta el pecho, pero no me detengo—. Porque cada vez que estamos juntos rozamos tus límites. Te empujo a cruzarlos. Tal vez todo esto va demasiado rápido. No estás listo para dinamitar tu mundo de un solo golpe. —Exhalo despacio, recordando el estúpido jueguito que armé en mi cuarto. Lo ciego que fui, arrastrado por la euforia de esto que empieza entre nosotros—. Perdón por lo de hoy. Por obligarte a decirlo en voz alta. Fue demasiado pronto.

Sé que mis palabras le dan directo en el blanco, porque parece que le cuesta respirar. Está rígido. El tic en su mandíbula delata todo lo que quiere escupirme encima. Idiota. Mentiroso. Imbécil. Lo que sea. Pero solo traga saliva, y hasta ese gesto parece dolerle.

—Hoy enumeraste todas tus reglas para que esto funcionara. Las acepté. Y voy a cumplir lo que prometí. Como intenté hacerlo cuando apareció Noah y no pude explicarte nada sin romper una de esas reglas con él ahí parado. —Retiro las manos del marco y doy un paso lento hacia él. Debe tener la cabeza hecha un torbellino, porque ni siquiera retrocede cuando apoyo la mano con suavidad en la parte de atrás de su cuello—. Hoy dijiste que ibas a ser mi novio. Para mí, lo sigues siendo. Pase lo que pase esta noche. O mañana. —Deslizo el pulgar por su mandíbula. La tensión le recorre todo el cuerpo mientras no dejamos de mirarnos—. Tómate el tiempo que necesites, Raff. Cuando estés listo… sabes dónde encontrarme.

Retiro la mano despacio, esperando algo. Lo que sea.

Durante varios segundos, Raffael solo me mira.

Pálido. Consumido por una furia que no alcanzo a medir. Está bien. Así procesa él las cosas. Puedo soportarlo.

Al final, cierra los ojos y respira hondo, muy despacio. —Vete a la mierda… —susurra.

Y me cierra la puerta en la cara.

Aun así, todo está bien.

Porque confío en que algún día volverá a abrir esa puerta para nosotros.

CAPÍTULO 14

Raffael

No entiendo qué me pasa. ¿Por qué no cerré la puerta en cuanto vi que no era Tanya la que estaba del otro lado? La llamé hace media hora porque, después de todo lo que ocurrió, estar solo se me hace insoportable. Me dijo que ya venía.

Pero Sebastian llegó antes.

Eso quiere decir que por fin terminó con Noah por hoy. Por esta noche. Dios, no puedo creer que ese imbécil me haya hecho esto de verdad. Suplicarme que lo dejara volver a mi vida, que aceptara su manera de estar conmigo, y mientras tanto seguía saliendo con otro tipo. Con el mismo al que vi besarlo en el club hace unas semanas. Podría habérmelo dicho desde el principio. Así al menos no me habría destrozado tratando de convencerme de que podía ser alguien que no soy.

Y aun así, su mano en mi cuello se siente absurdamente reconfortante. No soy capaz de apartarla. Ni siquiera doy un paso atrás, porque algo en mi cabeza me grita que tal vez este sea el último contacto que vuelva a tener con él. Siento que los pulmones se me encogen. No me sale la voz. Me quedo rígido, clavado en el lugar, escuchando cada palabra que dice. No quiero escucharlo. No quiero creerle.

No quiero ser quien soy.

Lo único que quiero es reunir la fuerza suficiente para, en algún momento, cerrar esta puerta. Y lo hago. Con el corazón hecho pedazos por segunda vez hoy, y ya perdí la cuenta de cuántas veces más en estas semanas desde que conocí a Sebastian.

Aturdido, camino por el departamento, tomo el teléfono de la encimera de la cocina y le escribo a Tanya que use el elevador privado o que entre con la llave que le di. No pienso arriesgarme a abrir la puerta otra vez esta noche y encontrar a la persona equivocada.

Luego subo las escaleras despacio, un peldaño tras otro, rumbo al baño, porque un sabor amargo me sube desde el estómago. Aunque quisiera, no puedo moverme más rápido. Es como si mi cuerpo hubiera decidido funcionar por su cuenta, ignorando por completo el caos de mi mente. Me siento atrapado. Me siento enfermo. Y, de algún modo extraño, ya ni siquiera me reconozco.

Llego tambaleándome al baño, enciendo la luz y me dejo caer de rodillas frente al inodoro. Apenas me inclino hacia adelante, el estómago se me contrae con violencia, pero no sale nada. Solo arcadas secas que me sacuden el cuerpo entero. No he comido ni bebido nada desde Eastbourne. Ese medio sorbo de Sprite en el departamento de Sebastian antes de que apareciera Noah ni siquiera cuenta.

¿Así voy a reaccionar cada vez que el mundo de Sebastian me pase por encima? ¿Cuándo va a dejar de doler así?

Pasa un tiempo que se me hace infinito hasta que, por fin, la presión insoportable en el estómago empieza a ceder. Apoyo los brazos sobre el asiento del inodoro y dejo caer la frente sudorosa entre ellos. Cierro los ojos y trato de respirar.

Estoy empapado en sudor frío. La habitación se siente helada, como si alguien hubiera bajado la temperatura al mínimo, y los escalofríos me recorren la espalda. Tal vez una ducha caliente me ayudaría, pero no me queda fuerza ni para ir al dormitorio a buscar ropa limpia. Lo único que logro es levantarme del suelo y arrastrarme hasta el lavabo. Abro la llave y me quedo varios minutos mirando mis manos mientras el agua caliente corre sobre ellas. Pero ese calor no llega a donde lo necesito.

Cada movimiento me duele cuando me echo agua en la cara y me enjuago la boca. Todo, incluso mis pensamientos, avanza con una lentitud desesperante, hasta el punto de que pierdo la noción del tiempo.

Con el agua aún corriendo, levanto la cabeza poco a poco y me encuentro con mis propios ojos, descoloridos, en un rostro todavía más pálido en el espejo. Ese no soy yo. No es el hombre que llevo veintitrés años viendo cada mañana. Tampoco es el que fui hoy cuando me encontré con Claudia en Eastbourne, ni el que abrazó a Michelle en el jardín. Ni siquiera el que armó un columpio en Wonderland junto a Sebastian.

¡Ya no sé quién soy!

El rostro del espejo se distorsiona con la rabia que me quema por dentro. Me devuelve una fuerza que creí perdida en el momento en que abrí la puerta y me encontré con los ojos de Sebastian. Un grito desgarrado me atraviesa la garganta y, con toda esa furia acumulada explotando al fin, lanzo el puño contra esa imagen fantasmal frente a mí.

El estruendo es brutal. El espejo estalla igual que mi mundo y se deshace en cientos de fragmentos que caen dentro del lavabo y se esparcen por el piso. Jadeando, me quedo inmóvil, mirando los restos de lo que hace un segundo era una superficie perfecta, mientras siento cómo se me llenan los ojos de lágrimas.

Los cierro. No quiero ver nada más.

Los nudillos me arden por las astillas incrustadas en la piel. La sangre tibia me corre por los dedos sin detenerse. Cuando las piernas dejan de sostenerme, me desplomo contra la pared y me quedo sentado en el suelo, con la cabeza hacia atrás y los ojos todavía cerrados. Las manos caen sobre las baldosas frías. No tengo fuerzas ni para moverme ni para preocuparme por la herida.

Mi mundo está hecho trizas. Yo también.

Floto en una especie de niebla espesa, atrapado entre el dolor y el vacío, hasta que una voz rompe la oscuridad.

—¡Raffael!

Abro los ojos de golpe. A través de las lágrimas veo dos ojos marrones, enormes de preocupación, mirándome como si acabara de sobrevivir a una explosión. —¿Tanya…?

—¿Qué, en el nombre de Dios, pasó aquí? —Su voz vibra de pánico. Luego baja la mirada hacia mi mano destrozada y la sangre que mancha mi sudadera blanca. Se queda sin palabras. Seguro ya vio los fragmentos de vidrio clavados en mi piel y entendió todo.

Su pecho se sacude cuando inhala hondo. Sé reconocer ese momento exacto en que está a punto de romperse también. Niego despacio con la cabeza, porque no puedo alzar la mano para tocarla. Siento la garganta como si estuviera forrada de lija cuando susurro, con la voz quebrada—. Perdón por ponerte triste.

—Oh, Raffael… —murmura Tanya con dulzura—.

Ven, tenemos que sacarte de aquí y ver esa mano.

Tira con cuidado de mi brazo sano, pero no quiero moverme. No quiero ir a ninguna parte. Así que, sin decir nada, me aferro a la manga de su suéter y la jalo hacia mí, rogando en silencio que no me obligue a levantarme.

Inclina la cabeza, suspira, y al final se deja caer al suelo a mi lado. Me toma la mano con suavidad. Nuestros dedos se entrelazan y, por primera vez en horas, dejo de sentirme completamente solo en este mundo roto. Cierro los ojos, me inclino hacia ella y me hago un ovillo. Me permite apoyar la cabeza en su regazo y empieza a acariciarme el cabello con movimientos lentos y tranquilos.

—¿Y ahora qué vamos a hacer contigo, hm? —susurra.

No tengo respuesta.

El tiempo se desliza en silencio.

A las dos de la mañana, por fin dejo que revise mi mano. Tanya ha pasado tantas horas en este departamento que sabe exactamente dónde está todo. Consigue lo necesario para sacar los pequeños cristales, limpiar la herida y cubrir mis nudillos con un par de curitas.

Después me ayuda a ponerme de pie. Me rodea la cintura con el brazo y me guía hasta el dormitorio. Por suerte, basta con la forma en que la miro para que entienda que no quiero quedarme solo. Se mete en la cama detrás de mí sin decir nada.

Estoy agotado. Cada célula de mi cuerpo lo está.

Quiero apagar la cabeza, desconectarme del mundo por un rato. Olvidarme de él.

Solo cuando Tanya me rodea con el brazo y apoya la mejilla contra mi sien, por fin puedo cerrar los ojos.

*

—Sigue dormido —me llega en un susurro apenas perceptible mientras empiezo a salir, despacio, del fondo del sueño—. No, anoche no dijo nada. Me quedo a desayunar y luego vemos.

Me doy vuelta en la cama y le regalo a Tanya una mirada todavía empañada de sueño, pero llena de gratitud.

—Ya se despertó, te llamo más tarde —dice ahora con su tono habitual antes de colgar—. Hola. —Sus dedos se deslizan con suavidad por mi pelo—. ¿Cómo te sientes, cariño?

Como si me hubieran pasado por una picadora de carne. La cabeza incluida. —Estoy bien. —Busco su mano entre mi cabello, la aprieto un segundo y me incorporo despacio—. Gracias por quedarte.

Sonríe y asiente. Seguimos con la ropa de ayer puesta cuando nos levantamos. Tanya me manda a ducharme mientras ella prepara el desayuno. También habría llamado a Félix, pero ya son las nueve y media. Dormí más de lo que creía y a esta hora él seguro ya está trabajando.

Los panqueques de Tanya, con mermelada de frambuesa y salsa de chocolate, están brutales.

178

Exactamente lo que necesito.

—¿Qué vas a hacer hoy? —pregunta mientras mastica, con el buen tino de no mencionar nada de lo que pasó ayer.

Le echo azúcar a mi capuchino y me encojo de hombros. —Tal vez ordenar la sala de juegos. Sacar algunas cosas y convertirla en cuarto de invitados.

El silencio que sigue me obliga a levantar la vista. Tanya me mira con los ojos muy abiertos, como si en su cabeza estuvieran explotando mil pensamientos al mismo tiempo. O quizá esté recordando las horas que pasamos ahí.

No he vuelto a entrar a esa sala desde que regresé de mi primer viaje a Eastbourne con Sebastian. Entre esas paredes quedaron atrapados demasiados recuerdos. Buenos, dolorosos, intensos. Es momento de cerrar esa etapa.

—Puedes quedarte con lo que quieras —le digo, y noto ese tono nostálgico que se me cuela sin permiso.

Tanya toma aire, pero niega despacio. —No. Félix no es de ese estilo. Y, aunque lo fuera, no sería lo mismo con nadie que no seas tú. —Da un sorbo a su chocolate caliente y me observa por encima del borde de la taza—. ¿Qué vas a hacer con los juguetes?

Chasqueo la lengua y me encojo otra vez de hombros. —No creo que en beneficencia sepan qué hacer con ellos.

Tanya suelta una risa y termina su panqueque mientras yo me sirvo otro.

Después de recoger la cocina y dejar todo en el

lavavajillas, sube conmigo y me ayuda a vaciar armarios y baúles de la sala de juegos en cajas enormes y bolsas negras. ¿En qué momento acumulé tantos látigos y fustas?

Mientras desarmo las sujeciones de la cama con dosel, Tanya abre el cajón donde están alineados, con una pulcritud casi ceremonial, los puños y antifaces sobre el terciopelo. No se me escapa cómo su mirada se desliza por cada objeto, cargada de recuerdos, ni cómo sus dedos los rozan con una caricia lenta. Cuando toma una venda negra y la deja correr entre sus manos, dejo el destornillador y me acerco.

Me quedo a su lado, mirando el antifaz de satén, escuchando su suspiro hondo. Un segundo después, lo dobla con cuidado y se lo guarda en el bolsillo trasero del jean.

Alzo las cejas, intrigado.

—Recuerdos —dice con una sonrisa suave, y sigue vaciando el cajón dentro de la caja.

Parpadeo y dejo que la mirada recorra lo poco que queda. Esposas acolchadas, grilletes de acero y… un ocho de metal pesado.

Paso los dedos por la superficie lisa, siguiendo la curva del símbolo de infinito. Algo me aprieta el pecho, seco y punzante. Cierro los ojos un segundo, intentando tragarme esa punzada, pero cuando los abro sigue ahí. Con la garganta cerrada, aprieto el ocho entre los dedos y me quedo mirándolo mientras camino hasta la cama y me dejo caer en el colchón.

Han pasado demasiadas cosas en estas últimas

semanas. A veces siento que todavía no termino de entender nada. Pero pase lo que pase de aquí en adelante, sin importar qué clase de relación normal tenga algún día, este pequeño trozo de metal frío siempre va a recordarme que una vez besé a un hombre. Y que fue el mejor beso de toda mi vida.

—Voy a bajar esto a los contenedores del sótano —la voz de Tanya irrumpe en mis pensamientos y me obliga a alzar la cabeza.

Está junto a la puerta con una caja en brazos y los ojos brillantes de emoción. Seguro lleva un rato mirándome, viendo cómo se me parte algo por dentro. Ya llegará el momento en que deje de ser tan prudente y empiece a bombardearme con preguntas sobre Sebastian. Pero le agradezco que hoy no sea ese día. Que me permita despedirme a mi manera.

—Está bien… —murmuro con la voz áspera, mordiéndome el labio mientras ella se da vuelta y baja las escaleras con la primera de muchas cajas.

Cuando me quedo solo, me levanto despacio, cruzo hasta mi dormitorio y guardo el ocho de metal en el cajón de la mesa de noche.

Quizá algún día también me deshaga de él.

Pero hoy no. Ni pronto.

*

Vivo. Es lo único que puedo decir de mí últimamente.

Estamos a finales de julio y me aferro a la idea absurda de que, cuando empiece el nuevo mes dentro de dos días, algo va a cambiar. Que el mundo, de alguna manera, volverá a encenderse. Porque huir todo el tiempo de lo que siento, de lo que pienso, de esos recuerdos tan intensos que ahora duelen como una herida abierta, me tiene agotado hasta los huesos.

Tanya y Félix hacen lo que pueden. De verdad lo intentan. Me distraen, me arrastran fuera del departamento, me inventan planes. Aun así, la insistencia casi obsesiva de Tanya en que debería ver a Sebastian y dejar que me explique lo de la visita de Noah que arruinó nuestra última noche juntos me pone los nervios de punta.

Está convencida de que fue un malentendido. Y odio que hable tanto con él. Odio que, de alguna forma, siempre logre ponerla de su lado. Lo curioso es que, después de aquel discurso monumental frente a mi puerta, esa estupidez innecesaria, no volvió a buscarme. Según Tanya, incluso le dijo que no me presionara, que yo volvería cuando estuviera listo.

Claro. Como si últimamente alguien respetara límites.

Juro que esa mujer necesita otra sesión en una sala de juegos. O dos. Félix debería recordarle lo que es la disciplina.

Él, en cambio, es neutral. Como Suiza. Siempre lo ha sido. Tal vez por eso últimamente prefiero verlo a solas. Con Félix puedo hablar si quiero… pero no quiero. Nunca he querido. Y si no hablamos, mejor: nos quedamos horas enteras puliendo nuestros autos hasta que brillan como si acabaran de salir de fábrica.

Ahora voy camino al taller de aerografía para recogerlo e ir a almorzar. Tanya salió con una amiga, así que decidimos comer en el restaurante mexicano cerca de su trabajo. En un semáforo en rojo sobre Gloucester Terrace, freno detrás de una pick-up marrón cubierta de barro y bajo la ventanilla para que entre el aire tibio de este mediodía soleado. A esta hora los semáforos parecen eternos, así que recuesto la cabeza y dejo que la mirada se pierda en la acera.

Hay un gentío en esta parte de Londres: bolsas de compras, cochecitos, gente apurada rumbo a cafés y restaurantes.

Y entonces lo veo.

Tres tipos están parados frente a lo que parece un estudio de tatuajes. Uno de ellos hace que el corazón se me desboque. Está de espaldas, pero lo reconocería en cualquier rincón del planeta. Contengo la respiración mientras fijo los ojos en Sebastian. Sostiene un cigarrillo en la mano derecha y conversa con los otros dos. La camisa azul marino, abierta sobre el pecho, se mueve con la brisa ligera de la ciudad.

¿Pausa a mitad de sesión?

Dark Arts. Vaya nombre.

Desde aquí no alcanzo a distinguir qué parte del diseño ya está terminada en su brazo izquierdo, pero es evidente que mis palabras no significaron gran cosa. Hoy debe de estar completando el tatuaje maorí.

Da igual.

No me importa.

Ya no tiene por qué ser algo exclusivo entre

nosotros. Pronto dejaré de pensar en él. Eso es lo que me repito.

No sé qué lo alerta. Tal vez mi mirada clavada en su espalda. O el ronroneo del Corvette, que seguro reconoce igual que yo reconozco el sonido de su Honda. De pronto veo cómo se le tensa la columna. Muy despacio, gira la cabeza por encima del hombro.

Mi corazón pasa de estar muerto a galopar sin control. La boca se me queda seca.

Gracias a Dios, en ese instante el semáforo cambia a verde y la pick-up arranca. No lo pienso dos veces y piso el acelerador. Apenas por el rabillo del ojo alcanzo a ver que él se queda quieto, mirándome mientras paso a su lado.

Esta vez ni siquiera me atrevo a comprobarlo en el retrovisor.

Salir de aquí. Alejarme lo más posible.

Eso es lo único que importa ahora mismo.

Necesito dos cuadras más y varios minutos para que la respiración deje de irse me desboque. También siento el sudor bajándome por la nuca, pero le echo la culpa al calor y subo las ventanillas, encendiendo el aire acondicionado. Sí. Así está mejor. Mucho mejor.

Encuentro un espacio frente al taller de aerografía, justo entre dos motocicletas, y apago el motor. Aún no son las doce, así que me toca esperar unos minutos a que Félix salga.

Para distraerme, saco el celular y reviso un mensaje de WhatsApp que llegó en algún punto entre mi departamento y aquí. En realidad, son dos. El primero es de Nikki. Creó un grupo nuevo llamado B'day Party e invitó a medio mundo a la casa de sus padres en Hackney el cinco de agosto. Somos más de cincuenta en el chat.

Sebastian también está.

Y yo no pienso ir.

El segundo mensaje es de Tanya. Llega apenas un minuto después de la invitación.

Tanya

Sé que ya viste el mensaje de Nikki. Y también sé que viste que Sebastian va a estar ahí. Ni se te ocurra faltar, amor. Felix y yo vamos, y tú vienes con nosotros. Y si tengo que arrastrarte del pelo, ni por un segundo dudes que lo haré.

El texto termina con una hilera de caritas sacando la lengua y tres corazones rosados.

Y de golpe se me quitan por completo las ganas de comer mexicano.

CAPÍTULO 15

Raffael

Son las nueve y media cuando suena el timbre. Hago una mueca antes de abrir. Son Tanya y Felix. Vienen a sacarme a rastras rumbo a la fiesta de Nikki.

En lugar del beso rápido de siempre en la mejilla, Tanya se queda congelada en el umbral, con los ojos como platos y la boca abierta apenas me ve. —¡No, amigo, así no! —exclama, señalándome la cara como si hubiera descubierto una tragedia nacional. Luego me echa la capucha de la sudadera negra hacia atrás y, con las palmas apoyadas en mi pecho, me empuja hacia adentro del departamento—. No vas a aparecer en la fiesta de Nikki vestido como el Grinch. ¿Y esto qué es? —Su voz se convierte en un chillido cuando fija la vista en la mancha de mayonesa del lado izquierdo de mi pecho.

Eso fue hace media hora. Intenté comer un sándwich y terminó siendo un desastre porque el estómago no me aguanta la náusea que me provoca la idea de ver a Sebastian. Yo, sinceramente, pensé que la mancha completaba el look.

Felix se ríe mientras Tanya y yo empezamos nuestro habitual tira y afloja en la sala, y se escapa a la cocina como quien no quiere quedar atrapado en fuego cruzado. Cuando regresa, apoyado con un hombro en la pared y bebiendo de una lata de Dr. Pepper, Tanya ya me obligó a quitarme la sudadera. No me queda otra que rendirme y subir a cambiarme por algo decente. Refunfuñando, arrastro los pies hasta el dormitorio y revuelvo el clóset. Igual no va a parar hasta que me ponga su polo blanco favorito, así que le ahorro el discurso y me lo pongo. Cuando bajo otra vez, le lanzo una mirada cargada de fastidio y pongo los ojos en blanco. Tanya sonríe como si hubiera ganado una guerra. Por supuesto, también trae un par de zapatos para reemplazar mis tenis sucios.

—Si nos apuramos, todavía alcanzamos a rescatar un par de latas del basurero antes de que pase el camión el martes —le murmuro a Felix cuando salimos y seguimos a Tanya por el pasillo.

Él suelta una carcajada y me da una palmada en el hombro. —No suena tan mal.

Hoy Felix maneja porque, cuando discutimos si debía ir o no al cumpleaños de Nikki, sugerí emborracharme lo suficiente como para sobrevivir la noche. Sin la capucha para esconderme debajo, inclino la cabeza contra el asiento del copiloto y dejo que las luces de la ciudad, la gente y el tráfico desfilen frente a mí. Todo me resulta distante, como si nada tuviera que ver conmigo.

Llegamos rápido a Hackney, en el oeste de Londres, y nos estacionamos en fila frente a la casa de Nikki. Es evidente que sus padres no están en la ciudad, porque nadie en su sano juicio abriría su casa a más de setenta personas. Pero Nikki, la chica más conocida del ambiente de las carreras, ya ha hecho fiestas aquí antes, y todos agradecen la bendición de unos "padres ausentes". Nunca se nos va de las manos. Al menos no demasiado.

La fiesta está en pleno auge cuando cruzamos la puerta y un cosquilleo incómodo me sube por la espalda. Suena una canción de Pink, el ritmo me sacude los nervios y consigue que se relajen apenas un poco. Nikki sale disparada desde el bar improvisado en la sala para recibirnos. La abrazamos y la felicitamos uno por uno por sus veintiún años.

Me gusta su casa. Es amplia sin ser exagerada, con una cocina hermosa que se abre al comedor, una sala grande y dos baños en la planta baja. Arriba hay varios dormitorios; solo conozco el suyo, decorado de manera sorprendentemente femenina si lo comparo con la imagen vamp que luce en las noches de carrera.

Desde el comedor, unas puertas francesas dan a un jardín amplio con un cerezo alto al fondo. Aun así, la mayoría de los fumadores prefiere salir al frente para alimentar el vicio. Me hago a un lado para dejar pasar a un par, pegado a la pared porque el recibidor no da abasto para tanta gente, y después sigo a mis amigos hacia el corazón de la fiesta. Elliot, que hoy funge de barman, me extiende un vaso y acepto la bebida sin pensarlo demasiado.

Levanto la botella de Eristoff Ice hasta los labios, me apoyo en la barra a la altura de las costillas y dejo que la mirada recorra la sala. Hay quienes conversan, quienes bailan, quienes se besan sin pudor… y ni rastro de Sebastian. Quizá el destino decidió darme un respiro y al final no vino.

Me echo un puñado de cacahuates a la boca y dejo que Tanya me arrastre hasta el sofá en L, donde Nikki está instalada con varios chicos alrededor de la mesa de centro. Aquí la música baja lo suficiente como para poder hablar sin gritar.

Tiffany —la ubico de otras carreras— está arrodillada en el suelo, con una almohada bajo las piernas. Cuando me saluda pestañeando exageradamente, le devuelvo la sonrisa y un gesto con la mano antes de sentarme en el apoyabrazos del sofá de terciopelo gris. En el sillón individual a juego está Seth, el hermano menor de Nikki, diecinueve años, cabello negro azabache despeinado con vibra emo. El color intenso corre en la familia. Las pecas también.

Dos tipos que no reconozco se levantan para salir a fumar, y Felix y Tanya se recorren hacia el otro extremo para hacerme espacio. Dejo la botella sobre la mesa y me dejo caer, acomodando la cabeza en el regazo de Tanya. Las piernas me quedan colgando por el apoyabrazos mientras ella empieza a jugar con mi pelo.

Nikki le cuenta a todos lo que le regalaron sus padres, pero Tanya decide que es buen momento para meterse conmigo y me encaja el dedo en la oreja. Me pierdo la mitad de la historia. El cosquilleo me sacude el cuerpo entero. Echo la cabeza hacia atrás y le sonrío con malicia. —Haz eso otra vez y te muerdo el dedo, rana.

—¡Atención! —La voz eufórica de Nikki me arranca de Tanya—. ¿Quién quiere jugar verdad o reto?

Uf. Yo no. Pero, como era de esperarse, cinco de las siete personas repartidas entre el sofá y el suelo levantan la mano. El juego arranca. Solo Seth reacciona a tiempo y se larga del sillón como si hubiera visto al diablo. Debería seguirlo. Pero los dedos de Tanya en mi cabello pesan más que mi instinto de supervivencia.

Nikki y Tiffany regresan con una bandeja cargada de gelatinas con alcohol y la dejan en la mesa. —Cada uno tiene dos shots para librarse de una verdad o un reto —explica Nikki—. Después de eso, no hay escapatoria.

—¿No puedo quedarme aquí tirado mientras ustedes hacen el ridículo? —gruño. Cero ganas de jugar a esto esta noche.

—Te quedas y juegas —se ríe Nikki—. Es mi cumpleaños. Quiero que participes.

—Jesús, las chicas siempre tienen un as bajo la manga para manipularnos —respondo, aunque no puedo evitar reírme. Luego exagero la voz, fingiendo dramatismo—. Es mi cumpleaños, mi hámster murió anoche, soy mujer y tú no.

—Exacto. Así que, Raff —me desafía una pelirroja embutida en unos jeans ajustadísimos y un top morado. Me llama por mi nombre como si yo debería saber el suyo. No lo sé—. ¿Verdad o reto?

Miro de ella al tipo con mechones azules en el cabello rubio que la tiene rodeada con brazos musculosos. —Verdad.

La pelirroja se humedece los labios y se pasa la mano por la melena larga. —¿Estás celoso de que Tanya ahora esté con tu mejor amigo?

Cree que me puso en evidencia. Pobrecita. Alzo la vista hacia el rostro de Tanya, inclinado sobre mí, y sonrío con total honestidad. —No. —Mis dos mejores amigos saben exactamente lo que siento por ellos. Y no podría alegrarme más de que por fin se hayan atrevido a dar el paso.

Cuando me toca a mí, reto a Tanya a que siga con el masaje capilar, y en su segunda ronda ella me devuelve el favor obligándome a sentarme porque ya se le está durmiendo la pierna. Obedezco.

Y en cuanto bajo las piernas del apoyabrazos y me incorporo, mi mirada se engancha con unos ojos color castaño al otro lado de la habitación.

Creo que mi corazón acaba de dejar de latir.

Nadie pasa por alto cómo se me queda el cuerpo rígido de golpe, así que no me sorprende que otras siete cabezas se giren hacia donde está Sebastian, apoyado contra la pared, brazos cruzados, una sonrisa leve en los labios y la mirada clavada en mí.

Por una vez no lleva jeans rotos, sino unos oscuros que parecen nuevos. La sudadera es la misma que ya le he visto, con las mangas remangadas hasta los codos. El brazo derecho luce esos tatuajes hipnóticos que alguna vez seguí con la yema de los dedos. El antebrazo izquierdo sigue limpio, salvo por el brazalete de cuero negro que nunca se quita. La sesión de hace unos días no alcanzó para completar los ornamentos maoríes hasta la muñeca. Me maldigo por preguntarme qué diseño estará ocultando bajo la tela negra, más arriba del codo.

—¡Sebastian, ven! Estamos jugando verdad o reto —grita Nikki, haciéndole señas exageradas.

Sebastian se separa de la pared y camina hacia nosotros con una calma que me saca de quicio. No aparta los ojos de mí ni un segundo, pero no dice nada. Y se lo agradezco más de lo que debería. Se inclina para besar a Nikki en la coronilla y desearle un feliz cumpleaños, y luego se deja caer en el sillón frente a mí, el mismo que quedó vacío cuando Seth escapó al oír las palabras mágicas.

Tanya y Sebastian intercambian un saludo silencioso, una sonrisa y un leve asentimiento. Felix, en cambio, alza la voz. —Eh, qué gusto verte, amigo.

Alguien le resume las reglas: dos shots para librarse de una verdad o un reto; después, no hay escapatoria. Nikki no pierde tiempo.

—Verdad o reto.

—Verdad —responde él.

Nikki se lleva la uña pintada de rosa a los labios, pensativa. —La última vez que te vi en un club estabas besándote con un chico en la barra. ¿Te gustan solo los hombres o te da igual?

Las chicas sueltan risitas cómplices. La única que no se ríe es Tanya. Se tensa a mi lado. Yo también.

Sebastian se recuesta como un boxeador en su esquina, seguro de que tiene la pelea ganada. Apoya los codos en los brazos del sillón y entrelaza los dedos sobre el estómago. Primero me mira a mí. Luego a Nikki. Y sonríe. —Para empezar, no me estaba besando con ese chico. Algo se interpuso entre nosotros.

Como ahora me mire con esa media sonrisa traicionera, juro que busco un cuchillo en esta casa. Pero no lo hace. Sigue hablando con total serenidad. —Y segundo, en la cama disfruto tanto de hombres como de mujeres. Pero cuando se trata de mi corazón, entendí que solo hay espacio para un hombre.

Un coro de oooh recorre la mesa. Hasta el tipo de los mechones azules, que parece Popeye, se suma. Así que la pelirroja no es su único gusto. Cómo puede hablar así, tan suelto, sigue siendo un misterio para mí. Aunque, en realidad, no es asunto mío.

Le toca a él elegir a la siguiente víctima. Su mirada pasea por los rostros. Despacio. Demasiado despacio. Mi estómago empieza a girar como centrifugadora. Sé exactamente hacia dónde va esto.

—Raffael.

Claro. ¿Quién más? Cierro los ojos un segundo y exhalo con fastidio.

—¿Verdad o reto?

No.

En vez de responder, interrumpo la ronda, me inclino hacia la mesa y tomo un shot verde de gelatina. —Salud. —Le sostengo la mirada mientras levanto el vasito y me lo meto entero a la boca. Manzana. No está mal.

—¡No, Raff! ¡Eso es trampa! —se ríe Nikki—. Solo tienes miedo de que te rete a otra carrera.

Le guiño un ojo. —Digamos que aprendí a no apostar con este hombre. —Luego me giro hacia la pelirroja del top morado—. ¿Verdad o reto?

—Verdad.

—¿Cómo te llamas?

—June —responde, ofendida al instante—. Ya deberías saberlo. Tuvimos una cita hace dos años.

El nombre es bonito. Pero, por lo visto, no le hace ninguna gracia que lo haya olvidado.

Si se hubiera llamado John, seguro no lo habría olvidado.

Dios. Me odio por pensar eso.

June reta al chico de los mechones azules, y así me entero de que se llama Travis. A Travis le toca darle un masaje en la espalda. Después él reta a Felix a hacer lo mismo con Tanya, porque, según él, lo necesita. Felix, por su parte, le pregunta a Tiffany si alguna vez estuvo en un hospital psiquiátrico. Para sorpresa de todos, sí. Y Tiffany elige a Sebastian. Como antes, él responde:

—Verdad.

—Perfecto. —Una sonrisa traviesa le curva los labios, igual que a Nikki y a June. No hace falta ser adivino para saber hacia dónde va esto. Interrogar a un hombre bisexual sobre su vida sexual debe ser el nuevo deporte nacional. Solo de pensarlo se me revuelve el estómago—. ¿Te has acostado con alguien que esté aquí esta noche?

¿Por qué demonios el corazón siempre se me paraliza cuando le hacen una pregunta así? Debería levantarme e ir al bar. Emborracharme era el plan desde el principio, por si aparecía Sebastian. El problema es que Tanya tiene una conexión extraña con mi cerebro y parece enterarse de lo que pienso antes de que termine de pensarlo. Me aprieta la mano a escondidas entre nuestras piernas, clavándome los dedos con fuerza suficiente para inmovilizarme. —Ni se te ocurra —susurra, apenas audible para mí.

Maldición.

Sebastian es demasiado correcto como para arruinar el juego, y por la risa relajada que suelta, las preguntas incómodas no le afectan en lo más mínimo. Responde que sí. Y, curiosamente, esta vez su mirada se posa sobre Tanya.

Nikki y Tiffany chillan al mismo tiempo cuando la confesión termina de encajar. —¡No puede ser! ¿Cómo haces para quedarte siempre con los mejores? —se burla Nikki, dándole una palmada en la rodilla a Tanya. Como la reina que es, mi mejor amiga se limita a sonreír y no añade nada.

Luego Sebastian elige a su siguiente víctima. —¿Raffael?

Ni loco. Ni aunque me mire con esa expresión cargada de una ternura peligrosa. ¿Qué pretende? ¿Preguntarme algo como si todavía pienso en él? ¿O algo peor?

—No —murmuro, evitando su mirada mientras me inclino para agarrar otro shot de gelatina. Fresa. Mejor que el anterior.

Cuando me toca a mí, obligo a Tanya a tomarse uno también. No voy a ser el único que termine borracho. Después desconecto un poco mientras el juego sigue su curso.

Hasta que Nikki vuelve a tener turno con Sebastian y los vellos de la nuca se me erizan.

Toma el posavasos que tenía bajo el vaso y lo hace girar entre los dedos, saboreando el momento. —¿Cómo se llama el último chico al que besaste? Y no vale una chica. —Levanta un dedo enseguida—. Queremos nombre y apellido. Nada de apodos.

La sangre se me hiela. El corazón me late en la base de la garganta. Tengo los nervios tan tensos que podrían usarme como arco y disparar flechas por toda la sala. Ojalá directo a él.

Sebastian se toma su tiempo. No responde enseguida. Despacio, aparta la vista de Nikki. Y entonces me mira.

Es como si tendiera un hilo invisible entre nosotros. Sus ojos castaños me sostienen, se hunden en mí con una intensidad que me deja sin aire. Pero nadie más lo nota. Están demasiado ocupados esperando el nombre.

Mi pulso se dispara aunque no me muevo ni un centímetro. Y él sigue sin decir nada.

Es absurdo que recién ahora, semanas después de aquella noche horrible, caiga en cuenta de lo poco preparado que estoy para escuchar la verdad de su boca. Que besó a alguien más después de mí.

Como si el resto del mundo hubiera dejado de existir, nos quedamos mirándonos, con mil cosas suspendidas en el aire entre nosotros. Sebastian tiene esa forma de sujetarme con los ojos, de meterme un escalofrío bajo la piel sin tocarme. Y aun así, no logro descifrar lo que pasa por su cabeza. ¿Fue Noah el último chico al que besó?

¿O es mi nombre el que se niega a pronunciar delante de todos?

Contengo la respiración mientras guarda silencio. Si no habla pronto, voy a terminar ahogándome aquí mismo. Los dedos de Tanya vuelven a clavarse en el dorso de mi mano. Yo le aprieto la suya en respuesta.

Después de lo que se siente como una eternidad, las comisuras de los labios de Sebastian se elevan en una sonrisa leve, casi de disculpa, dirigida a Nikki. Se inclina hacia adelante y toma un shot verde de la bandeja.

—¡Nooo! —protesta ella entre risas cuando él echa la cabeza hacia atrás y deja que la gelatina de manzana desaparezca en su boca.

La tensión se diluye en el aire, pero a mí me cuesta soltarla. Tengo la garganta cerrada. No quiso decir el nombre. ¿Por qué? ¿Para no involucrar a Noah cuando ni siquiera está aquí? ¿O para no herirme al notar lo asustado que estaba?

No sé si me atrevo a considerar la tercera posibilidad. Que mi nombre estuviera a punto de salir de sus labios.

Cuando le toca elegir de nuevo, no me señala a mí. Mira a Nikki. —¿Alguna vez besaste a una chica?

Ella se sonroja y admite que sí. Por la mirada rápida que lanza hacia un lado, sospecho que fue con Tiffany. Algún experimento adolescente. Sebastian arquea las cejas en señal de aprobación, y eso solo consigue que Nikki se ponga todavía más roja.

Ella se abanica con el posavasos, se aclara la garganta y pronuncia mi nombre.

¿En serio? Un descanso no me vendría mal.

—¿Verdad o reto? —pregunta, todavía con las mejillas encendidas.

Elijo reto. No pienso someterme al mismo interrogatorio absurdo que le hacen a Sebastian. Con suerte me mandarán por bebidas. O a hacer cualquier cosa lejos de este sofá. Un poco de aire me vendría perfecto.

—¡Reto! —Nikki frunce los labios, exagera la expresión y me mira con teatralidad—. A ver qué hacemos contigo.

—Tiene que ser algo que jamás haría en su vida —añade June, encantada ante la idea de incomodarme de verdad. Lo sabía. Por eso odio este juego. El masaje ya no parece opción.

—¡Ya sé! —Tiffany da una palmada y se endereza como si hubiera tenido una revelación divina. Su sonrisa se cruza con la de Nikki, igual de enorme—. Que bese a un chico.

—¿Perdón? —se me escapa antes de poder detenerlo. La temperatura me sube de golpe.

—¡Es perfecto! Pero no puede ser cualquier chico. —Nikki deja que su mirada recorra la sala hasta detenerse en un punto muy específico—. Sebastian, ¿tú…?

—¿Están locas? —interrumpo antes de que él responda siquiera. ¿Qué demonios les pasa? ¿Les pusieron algo raro a los shots? Seguro fueron las gelatinas. Me inclino hacia la mesa y estiro la mano para agarrar uno—. Busquen a otro para su fantasía. Yo me lo tomo y listo.

—¡Eh, no! —June me aparta la mano de un manotazo—. Ya usaste tus dos. Esta vez no hay escapatoria.

¿Cómo?

—¡Felix! —protesto, buscando apoyo.

El muy traidor se ríe y levanta las manos. —Lo siento, hermano. Yo no pienso besarte.

Ni siquiera era eso lo que pedía. Me paso las manos por la cara, frustrado.

—¿Sebastian? —insiste Nikki, más suave ahora.

A través de los dedos entreabiertos lo veo encogerse de hombros con una calma que me desespera. —Claro —responde, y sus ojos se clavan en mí con un brillo desafiante.

Bajo las manos lentamente.

Él se inclina hacia adelante, apoya los codos en las rodillas y, con la voz más baja, casi retadora, añade: —Si se atreve a venir.

—Seguro que sí —se ríe Nikki—. Nunca se raja ante un reto.

Siempre hay una primera vez.

—Además, ¿qué problema habría? —Travis se pone del lado de las chicas con total naturalidad—. No es como si le estuvieran pidiendo que bese a su ex ni nada por el estilo.

Sin apartar la vista de mí, Sebastian parpadea un par de veces y alza apenas la comisura izquierda de los labios. —Claro.

Me seco las manos sudorosas en los jeans e intento regular la respiración. Inútil.

—¿Qué esperas, Raff? —grita Tiffany—. Si te niegas, vamos a pensar que te parece tan guapo como a nosotras y que te da pena besarlo. —Es una broma y todos se ríen. Pero con esa estupidez acaba de colgarme la soga al cuello.

¿Alguien puede pegarme un tiro y ahorrarme esto?

Por el rabillo del ojo noto que Tanya me observa

fijo. Giro hacia ella y le suplico en silencio que me rescate. Arruga la nariz con algo que se parece a compasión, pero al final asiente, empujándome a terminar de una vez.

¿Tengo alternativa? Una de verdad. Que no implique hacer el ridículo frente a mis amigos y medio mundo de las carreras.

—Los odio —murmuro mientras me pongo de pie, provocando una ronda de aplausos de las chicas. Siento los dedos de Tanya deslizarse por la parte de atrás de mi muslo.

—Pero te amamos, cariño —susurra, dándome un pequeño empujón.

Respiro hondo y obligo a mis piernas a rodear la mesa. Me tiemblan como gelatina, amenazando con traicionarme en cualquier segundo. Cuando me detengo frente a Sebastian, él se recuesta con calma y levanta el rostro hacia mí. Me siento frente a un pelotón de fusilamiento.

—Vamos, no seas tímido —se burla Tiffany, ajena al infierno que me recorre por dentro—. Es solo un beso entre rivales. No te va a matar.

Ojalá.

—Y nada de rozar apenas los labios —añade Nikki, relamiéndose ante el espectáculo—. Siete segundos completos.

Siete segundos en el infierno.

Trago saliva y sostengo su mirada. Sus ojos están tranquilos. Cálidos. Demasiado cálidos. ¿Cómo puede estar tan sereno mientras yo estoy a punto de ser ejecutado en público? Su calma me desarma. Y, de alguna forma extraña, es lo único que me da fuerzas para inclinarme y apoyar las manos en el respaldo del sillón, a cada lado de su cuello.

Quedamos frente a frente. Ojos contra ojos. Huele a piel tibia y almizcle, un aroma que me arrastra un paso más cerca.

No se mueve. Solo me observa, atento a cada gesto, con una naturalidad que yo no encuentro en ninguna parte dentro de mí. Ya compartimos el mismo aire. Reúno el poco valor que me queda y murmuro, solo para él: —Esto no significa nada.

Su mano sube entonces y se posa en mi nuca. El pulgar me acaricia la piel bajo la oreja izquierda. Sus ojos se funden con los míos.

—Te equivocas, copito —susurra—. Lo significa todo.

Y me besa.

No como antes. No con duda. Sus labios se apoyan en los míos con una suavidad firme, segura. Los he extrañado. Su textura. Su forma de reclamar sin forzar. Todo en él.

Mis ojos se cierran cuando mi boca se abre y nuestras lenguas se encuentran por primera vez. Un roce lento, eléctrico, que me recorre de pies a cabeza.

—¡Dos! ¡Tres! —gritan a lo lejos, pero el ruido se diluye. Solo existe la burbuja que él crea alrededor nuestro con cada caricia medida de su lengua.

—¡Cuatro!

Su otra mano se alza y me sostiene el rostro. Siento

la mezcla de su piel suave y la aspereza leve en la base de la palma.

—¡Cinco!

Mi respiración se aquieta al mismo tiempo que el cuerpo, y apoyo una rodilla en el asiento, entre sus piernas abiertas. Sin soltarme el rostro, me mantiene cerca mientras inclina apenas la cabeza para profundizar el beso.

—¡Seis!

Perdido en el recuerdo de aquel beso bajo el árbol del País de las Maravillas, muevo los labios con los suyos, respondiendo a cada roce lento de su lengua contra la mía.

—¡Siete!

Y no nos separamos.

Mis dedos se hunden en el tapizado del sillón. Aspiro su loción, ese olor que es tan suyo que me desarma. La sombra áspera sobre su labio superior roza mi piel mientras nuestras lenguas siguen buscándose, como si el tiempo se hubiera detenido. Hasta que alguien pronuncia mi nombre y, de golpe, todo regresa como una ola helada. El lugar. La gente. Lo que estamos haciendo.

Tomo aire de golpe y me aparto de su boca. Abro los ojos. Estoy a centímetros de los suyos. Sus manos se deslizan despacio desde mis mejillas, y nos quedamos mirándonos un segundo que parece no tener fondo. Dentro del pecho, el corazón se descontrola. Late tan fuerte que ya no logro distinguir los golpes.

A nuestro alrededor, el silencio es absoluto.

Respiro agitado, me incorporo y retiro la rodilla del asiento. Siento la mirada de todos clavada en la nuca.

No puedo girarme. No puedo enfrentar esas caras ahora.

Aún atrapado en los ojos castaños de Sebastian, trago saliva. Mi respiración irregular me ensancha las fosas nasales.

—Que se vaya al diablo este juego —escupo.

Y me doy la vuelta para salir de la habitación.

CAPÍTULO 16

Sebastian

Antes de que alguien en el sofá o en el piso alcance a decir una sola palabra sobre lo que acaba de pasar entre Raffael y yo, me aferro a los apoyabrazos y me pongo de pie. Lo único que les dejo como disculpa es un suspiro antes de salir de ahí.

Cruzo la habitación hasta el bar y, desde allí, fijo la vista en las puertas francesas abiertas que dan al comedor. Por ahí salió Raffael. Al principio pensé que se iba a ir directo a casa, pero parece que lo único que necesita es aire.

—¿Me das un agua mineral, por favor? —le pido a Elliot, que hoy está detrás de la barra.

Saca una botella de la neverita que tiene atrás y la deja frente a mí. Luego se seca las manos húmedas en su camiseta blanca sin mangas y se inclina, apoyando un codo en el mostrador. Su coleta de dreadlocks le cae sobre el hombro y la aparta con un movimiento de cabeza. —¿El que te estaba besando allá era Raffael Björnsson?

Mantengo la expresión neutra. Miro hacia donde señala y me encojo de hombros, como si no tuviera importancia. —Sí. Era un reto. Las chicas querían jugar y él les siguió la corriente.

Eso parece bastarle. La tensión en su rostro se disuelve. —Bueno… la verdad es que parecía que lo estabas disfrutando.

Desenrosco la tapa y decido que, por una vez, puedo decir lo que pienso sin maquillar nada. Sonrío de medio lado. —Es un hombre guapísimo.

Elliot suelta una risa cómplice y se aparta para preparar una bebida en el otro extremo de la barra. Yo doy un sorbo y vuelvo a mirar hacia las puertas francesas. Con la luz encendida dentro de la casa, los vidrios solo reflejan a la gente que sigue de fiesta. No se ve nada del jardín. Aun así, no quiero perderme el momento en que Raffael regrese.

—Raff vino con nosotros. Si te apuras, quizá lo alcanzas antes de que tome el bus para irse.

Me doy vuelta al escuchar la voz suave de Tanya

detrás de mí. Le sonrío a ella y a su novio. —No se fue.

—Ah. —Se echa el cabello oscuro hacia atrás y alza las cejas mientras Felix bebe de su lata de Coca-Cola.

—Está en el jardín. Supongo que intentando ordenar su cabeza con un poco de aire fresco.

—Entonces… —Tanya mira más allá de mí, hacia las puertas abiertas—. ¿Qué sigues haciendo aquí?

No puedo evitar reír. Me encanta cómo protege a los suyos. También intentó protegerme a mí estas últimas semanas, aunque al final fui yo quien terminó tranquilizándola.

—Le estoy dando un minuto —les explico—. Pasaron demasiadas cosas en ese sofá. Necesita bajar la intensidad antes de que tenga sentido hablar. —Doy otro trago y vuelvo a cerrar la botella—. Raffael funciona bien bajo presión. Pero después hay que dejarlo caer un poco para que pueda recomponerse.

—Sí, sí. —Pone los ojos en blanco con dramatismo—. Eso ya me lo dijiste. No se me olvidó.

No le gusta mi paciencia con su mejor amigo, lo sé. Pero después de tantas conversaciones, al menos aprendió a confiar en mí. Y eso es justo lo que estoy haciendo ahora. Confiar. —Sabes que confío en él. Y confío en lo que hay entre nosotros. Solo espero que no lo eche todo a perder. Dale tiempo.

—Tiene razón —interviene Felix, rodeándola por detrás y besándole la sien—. Siempre dices lo mismo de Raff. Si lo presionas demasiado, se quiebra.

Tanya apoya las manos sobre las de él y asiente. —

Solo quisiera que dejara de pelear contra esto de una vez.

—Lo hará. —Le jalo un mechón con cariño—. Pronto. —Después me inclino y le doy un beso en la mejilla—. Nos vemos más tarde.

—¿Y ahora a dónde vas? —pregunta.

Me meto la mano al bolsillo y cierro los dedos alrededor del encendedor. Le guiño un ojo. —Creo que esta noche va a nevar.

Y tengo que atrapar un copo de nieve.

CAPÍTULO 17

Raffael

Huelo las hojas del cerezo. La luz blanca de la luna se filtra entre las ramas y me roza la cara. La corteza áspera del tronco me raspa la espalda, como si unos dedos viejos quisieran empujarme hacia adelante. Pero ¿hacia dónde? ¿Volver a la casa y meterme otra vez en la fiesta? No puedo. Simplemente no puedo.

El pasto alto, tan lejos de la casa, todavía guarda el calor del día y lo deja pasar a través del denim de mis jeans. Aun así, no alcanza para espantar el frío que llevo por dentro. Me abrazo con más fuerza.

Nunca me había sentido tan perdido.

Cuando escucho pasos arrastrándose entre la hierba, clavo los dedos en mis propios brazos.

Pienso que es Tanya, que viene a buscarme para convencerme con arcoíris y girasoles morados.

Los pasos se vuelven más lentos.

Ojalá sea solo Felix, quedándose detrás de mí sin decir nada.

Y le pido a lo que sea que me escuche que no sea nadie más.

La persona se detiene a unos metros, a mi derecha, a la altura de mi mirada, y se queda ahí en silencio.

No me atrevo a girar la cabeza. Si fuera Tanya, ya estaría hablándome. Y además, es demasiado alto para ser ella. La presión en el pecho se vuelve insoportable.

Por el rabillo del ojo veo cómo el hombre se lleva algo a la boca. El clic seco de un encendedor rompe la noche. Una llama pequeña ilumina la oscuridad el tiempo justo de una calada. El humo sube en una columna fina hacia el cielo. Después, los dos nos quedamos mirando el universo.

Sé a qué sabe su boca después de un cigarrillo. Si además tuviera esa gelatina de manzana de un shot pegada a la lengua, el beso se volvería una especie exótica de peligro. El peor de todos. El que te cambia la vida. Para siempre.

—La respuesta eras tú —dice Sebastian en voz baja.

Como si una mano invisible me tomara del mentón, giro la cabeza hacia él. Tarda un momento en mirarme también. Bajo la luna, sus iris brillan mientras parpadea despacio. —Fuiste el último chico al que besé.

Durante un segundo que parece infinito, me pierdo en sus ojos. Esas pocas palabras, su tono suave, se sienten como si intentaran juntar dos astillas sueltas de entre el millón en que se hizo trizas mi mundo. No sé cómo pretende que encajen. No sé si puedo creerle. Me sostiene la mirada durante largos minutos y, poco a poco, me arranca un pedazo del dolor del pecho.

Y entonces lo sé.

Quiero creerle.

Todo en mí arde por volver a sentir sus brazos alrededor, su abrazo firme, sus manos tibias en mi cara y sus labios suaves sobre los míos. Y aun así, aquí estoy. Incapaz de dar un solo paso hacia él.

Sebastian vuelve a mirar el cielo mientras se lleva el cigarro a la boca. Yo no puedo dejar de mirarlo. Es como si necesitara grabarme en la memoria cada centímetro de su piel tocada por la luz de la luna. Para recordar cómo se veía después de nuestro último beso, cuando esta noche termine y volvamos a separarnos.

No quiero olvidar tampoco el sonido de su voz, así que me aclaro la garganta.

—La semana pasada fuiste a tu cita con el tatuador.

No sé si lo digo como pregunta o como una afirmación triste. Tal vez sea un poco de las dos.

—Ajá. —El humo le sale por la nariz como el resoplido de un dragón.

—¿Cuándo lo terminas?

Entonces vuelve la cabeza hacia mí. —Ya está terminado.

Instintivamente, bajo la mirada a su antebrazo izquierdo. Está limpio. —¿No lo llevaste hasta la muñeca?

—No está en el brazo.

¿No? Levanto los ojos despacio hasta su cara. —¿Dónde está?

Sebastian da una última calada profunda, sonora, y aplasta la brasa antes de lanzar la colilla lejos. Exhala la última nube de humo, se gira hacia mí y da un paso al frente. Se sujeta el borde de la sudadera negra.

No entiendo.

Hasta que se la levanta hasta el mentón.

Alguien pone el mundo en pausa.

El hermoso tatuaje que ya conocía sigue ahí, extendiéndose sobre su pecho, el mismo que recorrí con la yema de los dedos semanas atrás. Nada ha cambiado en esa parte de él. Pero ahora, justo debajo del corazón, hay una sombra nueva sobre la piel clara, abriéndose como ramas contra un cielo nocturno. Distingo una doble hélice y una tortuga marina. Y más abajo, unas líneas que me recuerdan las franjas de un abejorro.

Y entonces las veo.

Dos letras.

Entrelazadas hasta convertirse en una sola.

La garganta se me cierra como si alguien tirara del lazo invisible que me ha estado apretando desde que empezó la noche. Con cuidado, alargo la mano. Las puntas de mis dedos índice y medio recorren el relieve firme de sus abdominales. El intrincado diseño celta que une nuestros nombres está grabado en su piel. Incluso está el puntito diminuto que siempre me hará pensar en su roce mientras dibujaba Wonderland aquella noche mágica.

La última vez que lo vi, apenas era tinta de marcador negro desvaneciéndose sobre su piel.

Ahora es permanente.

Retiro la mano de golpe. Apoyo ambas palmas contra mi propio pecho y la voz me sale rasposa. —¿Cómo puedes confiar tanto en nosotros?

Sebastian baja la sudadera despacio. No aparta la mirada ni un segundo.

—Porque tú no lo haces… —susurra, y sus dedos tibios recorren mi mandíbula con una suavidad que me desarma—. Y alguien tiene que confiar por los dos.

El contacto me quiebra. El ardor me sube a los ojos aunque no lo quiera. No puedo detenerlo. Viene de una parte de mi pecho que nunca me había dolido así. Es como si mi corazón se rompiera en mil pedazos y, en el mismo segundo, alguien intentara recomponerlo con un solo toque… para volver a destrozarlo después.

Retrocedo un paso, tambaleándome. Mi cabeza es un grito constante.

Me duele todo. —¿Cómo puedes vivir en un mundo así? —Las palabras me estallan en la boca, se quiebran junto con mi voz. Me inclino hacia adelante y apoyo las manos en las rodillas, tratando de sostenerme—. ¿Cómo puedes seguir con toda esta mierda y aun así ser quien eres?

No puedo más.

No después de estos dos meses. No después del día en que lo conocí. No después del beso que todavía me arde en los labios desde hace apenas diez minutos. Es demasiado. Demasiado para una sola persona. Demasiado para una sola vida.

Sus ojos se vuelven suaves, como una brisa de verano pasando sobre un campo joven. —Raffael…

Pero no le toca hablar.

Un mareo espeso me invade y me obligo a enderezarme para no caer. Me apoyo contra el tronco del cerezo mientras siento que el cielo entero se desploma sobre mí.

—¡Quiero ser como tú! —grito con los ojos cerrados—. ¡Y quiero ser yo!

Todo está helado y ardiendo al mismo tiempo, por dentro y por fuera. El jardín parece quedarse sin aire, como si alguien hubiera desenchufado el mundo y ahora el oxígeno se escapara por una grieta invisible.

No puedo respirar.

—Pero ya no puedo ser yo porque cada vez que entras en una habitación no quiero nada más que estar contigo. —Mi voz raspa como lija, cada palabra es una quemadura en la garganta—. No hay nada que rompa este anhelo, y joder… lo he intentado tantas veces.

El pecho me late con violencia, pero el aire no entra. Las lágrimas terminan por desbordarse. Sebastian se acerca y vuelve a alzar la mano.

No quiero que me toque.

No ahora.

No nunca más.

Y al mismo tiempo deseo que lo haga.

Desde que apareció en la puerta de mi casa todo es un desastre. ¿Dónde está la cuerda que me saque de este naufragio?

Con el corazón hecho polvo, levanto la cara hacia él. —¿Cuándo va a terminar todo esto?

Pero ya conozco la respuesta.

Necesito salir de aquí. Alejarme de él. De esa mirada cargada de anhelo que me arrastra sin remedio. Pero ¿a dónde voy a ir para encontrar el aire que me falta? Me aparto del árbol y camino sin rumbo hasta la cerca del jardín. Me aferro a las tablas y me inclino, escondiendo la cabeza entre los brazos, pero mis pulmones siguen negándose a funcionar, esté donde esté.

Las rodillas me fallan. Caigo al suelo y me dejo caer de espaldas contra la madera, con la cara vuelta hacia el cielo. Clavo los dedos en el pasto como si pudiera sujetarme a algo sólido, pero no alcanza. No me salva. Mi cuerpo va a romperse igual que ya lo hicieron mi corazón y mi mundo. Siento que me disuelvo en una niebla hecha de miles de millones de átomos que alguna vez fueron yo, flotando hacia arriba para perderse entre las estrellas. Duele. Duele demasiado.

Sebastian se arrodilla frente a mí. Sus manos tibias rodean mis tobillos, pero no puedo mirarlo. No debería verme así. Roto. Llorando.

—¿Por qué tuve que enamorarme de ti? —apenas

logro susurrar mientras el pecho se me encoge—. De todas las personas...

Sebastian me toma la cara entre las manos y me inclina hacia él, obligándome a quedarme. La cuerda invisible que me ata a su mirada me devuelve al suelo firme, reúne mis átomos dispersos y los encierra otra vez dentro de mi piel.

—Respira, Raffael —dice con una suavidad firme, tan segura, que por fin el primer aliento verdadero en lo que parecen minutos logra entrar a mis pulmones.

—No sé por qué me elegiste —añade después, cuando consigo encontrar sus ojos brillando a través de mis lágrimas—. Solo sé que no puedo ni quiero imaginar un solo día más de mi vida sin ti.

Levanto las manos sin ganas y le sujeto las muñecas mientras todavía sostiene mi rostro. Quiero apartarlo.

Pero no puedo.

—No tienes que decidir nada esta noche. No tuviste que decidirlo ayer y no tendrás que decidirlo mañana. No voy a volver a empujarte más allá de un límite para el que no estés listo. Te lo prometo.

Sus manos se deslizan desde mi cara. Afloja el nudo de la pulsera de cuero negro que lleva en la muñeca.

—Pero cuando estés listo, voy a estar aquí. Y mientras no lo estés... —toma mi mano con cuidado y pasa la pulsera de su muñeca a la mía, ajustando el nudo— voy a seguir aquí.

Me quedo mirando la banda negra alrededor de mi muñeca derecha sin poder decir nada. Él vuelve a tomarme las manos y las aprieta con fuerza. Cuando se pone de pie, me ayuda a levantarme, porque no podría hacerlo solo. Su mano derecha sube hasta la curva de mi cuello.

No puedo moverme. Tampoco sabría a dónde ir.

Después de un tiempo interminable perdiéndome y encontrándome en sus ojos cálidos, mis dedos se cierran con más fuerza alrededor de su mano. No puedo soltarlo. Lo sé. Y en este preciso instante decido que tampoco quiero hacerlo.

Ha sido lo que necesitaba desde el primer día que nos conocimos. Solo que él lo entendió antes que yo. Sebastian nunca dejó de creer en nosotros. Nunca dejó de confiar en mí.

Una parte de mí se aferra a la fuerza de su fe y la hace suya. Quiero guardarla como una luz pequeña y constante dentro del pecho. Por ahora. Por esta noche. Para siempre.

La pulsera de cuero negro en mi muñeca será el símbolo de esa confianza.

Y para mí, lo significa todo.

Con cuidado, doy ese último medio paso hacia él y, al instante, Sebastian me envuelve en un abrazo que hace que todo parezca posible. Uno capaz de volver morados los girasoles y pintar de verde el cielo azul del verano. Mis manos suben por su espalda hasta aferrarse a la capucha de su sudadera. Apoyo la frente en su hombro y me dejo caer otra vez.

En él…

En el País de las Maravillas.

Sebastian entrelaza los dedos en mi cabello y apoya

la mejilla contra mi cabeza.

—No importa cuántas veces salgas corriendo, copito, siempre voy a estar aquí, esperándote.

No sé cómo podría volver a respirar sin él.

Los minutos se estiran hasta volverse eternos. Con solo su abrazo, suave y firme a la vez, Sebastian recompone mi mundo y a mí dentro de él. Su fe en nosotros es el pegamento que mantiene unidos los fragmentos. No soy perfecto. Estoy lleno de grietas que hablan de miedo y de dolor. Pero con él me siento suficiente. Digno de amor. Único a pesar de todo.

Y eso es lo único que importa.

De pronto, escucho un sollozo cerca. Levanto un poco la cara, saliendo del refugio de su capucha arrugada, y miro por encima de su hombro. A unos metros, junto al cerezo, están dos personas que significan demasiado para mí. Felix rodea a Tanya con un brazo, y la luz de la luna convierte las lágrimas en sus mejillas en pequeños diamantes.

Sebastian afloja el abrazo para girarse también, aunque deja un brazo alrededor de mí. Suelta una risa baja y nos guía hacia ellos. Le seca una lágrima a Tanya, luego le pasa el brazo por el cuello y le besa la coronilla.

—Te lo dije —murmura, y no tengo idea de qué está hablando.

—Sí —responde Tanya entre sollozos.

De pronto se suelta de Felix y me atrapa en un abrazo de oso al estilo Tanya.

El golpe me arranca una mueca, pero la rodeo con

los brazos.

—¿Estás bien? —le susurro en el cabello.

Se aparta un poco y me mira. Se limpia las lágrimas con la palma de la mano y sonríe con entusiasmo.

—Sí. ¿Y tú?

La pregunta me hace girar hacia Sebastian. Quizás todavía no del todo. Pero estoy empezando. Cuando él me sonríe, le devuelvo la sonrisa, y esa chispa de confianza dentro de mí arde un poco más fuerte.

—¿Y ahora qué piensan hacer? —pregunta Felix con tono despreocupado, aunque en el fondo hay algo serio—. Si vuelven a entrar, van a tener que dar un par de explicaciones para sobrevivir la noche. Aunque… —se rasca el mentón y entrecierra los ojos— podríamos organizar una fuga digna de película. Cambio de nombre, de cara y de país. En un par de semanas tu vida sería perfectamente normal.

No creí que fuera posible, pero logra hacerme reír después de todo esto. Respiro hondo, alzando los hombros, y busco la mano de Sebastian. Nuestros dedos se entrelazan.

—Yo no hago lo normal.

En su rostro hay calidez, pero también una sombra de preocupación marcándole la frente.

—¿Estás seguro?

La verdad es que ya no estoy seguro de casi nada. Ni de mi vida ni del futuro. Pero asiento. Sebastian aprieta mi mano, y con ese gesto me da todo el valor que necesito para enfrentar lo que venga a su lado.

Estoy listo.

Felix vuelve a rodear la cintura de Tanya. Sebastian deja caer su brazo alrededor de mi cuello con naturalidad. Y así, los cuatro amigos extraordinarios de Oz regresamos a la casa.

CAPÍTULO 18

Raffael

No pasamos los cuatro por la puerta francesa al mismo tiempo, así que Felix y Tanya entran primero. Yo me obligo a inhalar hondo antes de seguirlos con Sebastian de regreso a la fiesta. Todavía me tiemblan las rodillas por lo que acaba de pasar… y por lo que sé que todavía puede pasar. En mi cabeza suena una sola palabra, una y otra vez: huye. Como una sirena de bomberos que no se apaga. Pero Sebastian no me suelta la mano. Y mientras la tenga entrelazada con la mía, sé que no me va a pasar nada.

Apenas cruzamos el umbral hacia la sala, una lluvia de miradas nos cae encima.

Nadie lo sabía con certeza. Pero después de que salí disparado tras besar a un hombre en pleno juego, seguro más de uno empezó a atar cabos. Los ojos bajan de nuestras caras a nuestras manos unidas, y siento que la sangre se me congela en las venas. Mis piernas se quedan clavadas en el peor lugar posible: justo en medio de la sala. Centro del escenario. Se me seca la garganta. Aprieto los dedos alrededor de los de Sebastian hasta que casi me duelen. Jesucristo. No recuerdo haber tenido tanto miedo en toda mi vida.

Es la sonrisa descarada de Nikki, que aparece de la nada y me empuja la nariz con la suya, la que me arranca de mi infierno personal. Cuando enfoco su cara de vampira adorable, exagera un puchero teatral.

—Ayyy, debí obligarte a besarme a mí —protesta, con las manos en la cintura—. Así ahora serías mi novio y no el suyo.

Abro la boca porque siento que debería responder algo. Lo que sea. Pero la vuelvo a cerrar al instante. ¿Lo dice en serio? No puede estar hablando en serio... ¿o sí?

Sebastian, con esa calma suya que me desarma, levanta mi propio brazo sin soltarme la mano y me rodea con él, y luego me abraza también por detrás con el otro. Con una sonrisa ladeada que se le escucha hasta en la voz, le responde por encima de mi hombro:

—Ni lo sueñes, cariño. Es mío.

Me quedo rígido, tenso como un conejito atrapado entre luces, porque su comentario atrae otra oleada de atención hacia nosotros. Trago saliva. Pero, en vez de incomodidad, lo que provoca es una mueca divertida en Nikki… y una sonrisa diminuta, traicionera, en mi boca. ¿Soy suyo? Dios. La sola idea me gusta más de lo que debería.

Tanya y Felix ya están sentados otra vez en el sofá y nos hacen señas para que nos acerquemos. Incluso dejaron un hueco entre ellos, como si supieran que necesito refugio entre mis dos mejores amigos. Sebastian se deja caer en el sillón, en el mismo lugar de antes.

Ahora hay más gente alrededor de la mesa de centro y bastantes menos shots en la bandeja. El juego siguió mientras yo estaba fuera, eso está claro. Y cuando la mirada intensa de Tiffany se clava en mí, entiendo que todavía no han terminado conmigo. Ni de lejos. —¿Verdad o reto, Raffael? —me lanza, con ese brillo peligroso en los ojos.

El juego sigue sin gustarme ni un poco. Pero ya no estoy tan al borde del colapso como hace media hora. —Verdad —respondo.

—Perfecto… —Su sonrisa promete problemas y me arranca una risa nerviosa—. ¿Desde cuándo te gusta Sebastian?

Hablar de eso en voz alta me incomoda más de lo que imaginaba. Me muerdo el labio y empiezo a jugar distraídamente con la pulsera de cuero en mi muñeca. Sin querer, mis ojos buscan a Sebastian como si estuvieran programados para eso.

Él se recuesta en el sillón, tranquilo, aunque la curiosidad se le nota en la postura. Apoya los codos en los reposabrazos y entrelaza los dedos sobre el abdomen, esperando. Siento el calor subirme por el cuello y extenderse a las mejillas. —Desde hace un tiempo… —murmuro, devolviendo la vista a Tiffany. No logro sostenerle la mirada y termino bajando los ojos, como si el suelo pudiera salvarme.

—Ayyy… —suspira un coro de chicas al mismo tiempo, y por alguna razón me siento como un cachorro al que acaban de descubrir haciendo algo tierno. Aunque, pensándolo bien, Sebastian dijo que a todo el mundo le gustan los perritos. Tal vez no sea tan terrible.

El juego continúa. Yo le paso la pregunta a Felix, Felix reta a Travis, Travis desafía a Nikki… y Nikki, por supuesto, elige a Sebastian. —Te reto a que le des un shot a tu novio —dice, con una sonrisa que le ocupa toda la cara.

Primero, Sebastian se ríe. Pero enseguida se levanta del sillón y desaparece detrás del respaldo, fuera de mi vista. Al segundo siguiente, pasa por encima y se deja caer en los cojines detrás de mí, haciéndome pegar un brinco. Sus piernas se acomodan a ambos lados de mi cuerpo y una de sus manos se posa en mi estómago mientras se inclina hacia adelante para alcanzar un shot de gelatina. —¿Manzana o fresa? —me pregunta, dándome a elegir.

Dios. Con su cuerpo apretado contra mi espalda y

su brazo manteniéndome pegado a él, decidir entre dos sabores se siente como resolver física cuántica. —Eh… ¿rojo?

Su pecho vibra contra mí con una risa baja mientras toma el correcto y me atrae todavía más hacia su torso. —A ver, copito. Ábreme la boca —susurra junto a mi oído, arrastrando las palabras, mientras su mano libre se desliza bajo mi mentón y me inclina la cabeza hacia atrás, apoyándola en su hombro. No me queda otra que obedecer. Tengo la mente nublada y el cuerpo, traidor, parece encantado de hacerle caso.

Apenas separo los labios, inclina el vasito y deja que la gelatina resbale dentro. La aplasto contra el paladar con la lengua antes de tragar, pero en cuanto intento incorporarme, Sebastian me gira la cara hacia un lado y me planta un beso firme en la boca. Entre los suspiros exagerados que nos rodean, sostiene mi mirada y murmura: —Así es como se toman los shots en Inglaterra.

—Ah, claro, gracias por la aclaración —respondo con una sonrisa ladina—. Algún día te enseñaré cómo se bebe de verdad en Islandia.

Sebastian alza y baja las cejas con expresión traviesa. ¿Acabo de hacerle una promesa?

Claro que sí.

Espero que, cuando le toque retar al siguiente, vuelva a su sillón. Pero no. Se queda detrás de mí y desde ahí desafía a June. Ni siquiera presto atención a lo que ella elige ni a lo que él le pide. Estoy demasiado concentrado en su mano buscando la mía… y en lo increíblemente natural que se siente entrelazar nuestros dedos.

El juego sigue avanzando, pero las risas y los comentarios se vuelven un murmullo lejano, como el eco de un recuerdo bonito. Me recuesto un poco más contra Sebastian, sonrío cuando alguien dice algo gracioso y dejo que su pulgar dibuje círculos suaves sobre el dorso de mi mano. Mi corazón ya no late como si estuviera a punto de enfrentar un pelotón de fusilamiento. Por fin encuentra un ritmo tranquilo.

De vez en cuando, Tanya me dedica una mirada orgullosa, casi cómplice, y Felix me da una palmada fraternal en el hombro antes de moverse al otro extremo del sofá para acurrucarse con su novia. Si alguien me hubiera preguntado esta mañana cómo iba a terminar el día, jamás habría imaginado algo así. Yo, desde luego, no.

La barba corta de Sebastian roza apenas mi mejilla cuando en algún momento se inclina y me susurra al oído, apartándome del juego y del ruido: —¿Estás bien?

Inhalo despacio y dejo salir el aire con calma. Entonces giro lo suficiente la cabeza para mirarlo bajo la luz tenue. Sus ojos están cálidos, dulces, brillando con una emoción que deseo ver en ellos durante muchos, muchos años. —Sí —le susurro.

Y por primera vez en semanas, lo digo de verdad.

*

Son casi las tres de la mañana y estoy en la cocina armando un sándwich obsceno: pan, jamón, queso, lechuga y una cucharada indecente de mayonesa por encima. Me zumba la cabeza, seguramente por culpa de demasiados shots de gelatina. Si soy honesto, esta noche bebí más que en todo el año junto.

En parte fue porque tuvimos que cambiar las reglas del juego. Las preguntas empezaron a ponerse demasiado explícitas y la única forma de zafarse era aumentando la cantidad de shots para evitar responder o cumplir el reto. Tal vez no fue tan mala idea. El aturdimiento que vino después hizo mucho más llevadero el hecho de que ahora hay un mundo entero que sabe quién soy de verdad.

Y me gustó quién fui esta noche.

Cubro el sándwich con la otra rebanada y le doy una mordida generosa. A un lado del plato descansa una lata abierta de Sprite. Los antojos de madrugada son una bendición. Lo único que les falta es compañía. Siempre he sido de los que necesitan conversación mientras comen.

Apoyado contra la encimera, doy otro bocado y mi mirada se desliza hasta el celular, abandonado sobre el mármol oscuro de la isla. Sebastian y yo quedamos de vernos más tarde con Felix y Tanya para almorzar. Tanya quiere cocinar para nosotros.

Pero falta una eternidad para el almuerzo…

Miro hacia las escaleras. Si me voy a la cama ahora, probablemente duerma hasta las once. El problema es que no sé si lograré dormirme tan fácil. Aunque el zumbido en mi cabeza va cediendo con cada mordida y cada trago de Sprite, mis pensamientos siguen girando demasiado rápido. Han pasado tantas cosas en estos últimos meses que a veces siento que apenas puedo procesarlas.

Vaya viaje.

Y con Sebastian a mi lado, tengo la sensación de que esto no va a volverse más tranquilo precisamente.

Se me escapa una sonrisa. No hay marcha atrás. Ya no. Pase lo que pase a partir de ahora, dijo que lo enfrentaremos juntos. Que va a cuidarme, porque eso es lo que se hace con los copitos de nieve.

Y le creo.

Aun así, suelto un suspiro frustrado mientras me limpio la comisura de la boca con el dorso de la mano después de terminar el sándwich. Porque él no está aquí. Y me descubro preguntándome algo que jamás pensé que diría en voz alta: ¿Desde cuándo se puede extrañar a alguien tan rápido?

Ah, al diablo. Meto el plato en el lavavajillas, me lavo las manos y agarro el celular. De un salto me siento sobre la encimera, cruzo los tobillos y abro WhatsApp. Sin pensarlo demasiado, le escribo.

Yo
Hola. ¿Estás dormido?

Sebastian
No. ¿Y tú? ;-)

Yo
Ja. Ja. :P

Balanceo los pies en el aire y sonrío como tonto frente a la pantalla.

Yo
¿Qué haces?

Sebastian
Tirado en el sofá. Pensando. Extrañándote…

Leo esa última palabra tres veces. Suspiro como adolescente enamorado. Siempre encuentra la forma de tocar esa parte de mí que quiere salir volando.

Yo
Fue una noche intensa.

Sebastian
La mejor noche de todas.

Yo
¿Es raro que no quiera dormirme para que no termine nunca?

Sebastian
No. Eso es muy tú, Peter Pan.

Levanto la vista hacia las dos ventanas enormes de la

sala. Hay algo dolorosamente cierto en lo que dice. Desde que lo conozco me he sentido como un niño perdido. Sin mapa. Sin brújula. Sin saber exactamente dónde encajo ni quién soy cuando nadie me mira.

Paso los dedos por la pulsera nueva de cuero negro en mi muñeca derecha. Sentirse encontrado… eso solo lo he vivido con él.

Después de unos minutos, la notificación me arranca de mis pensamientos.

Sebastian
Te quedaste callado. ¿En qué piensas?

Me muerdo el labio.

Yo
Me pregunto qué tan cansado estás.

Sebastian
Nunca estoy demasiado cansado para ti.

Dios. Amo cada palabra que sale de él.

Sebastian
¿Quieres venir a mi casa?

Yo
Tomé demasiados shots. No puedo manejar.
Pero…

Sebastian
¿Pero…?

Maldito. Sabe exactamente qué me cuesta decir. Aprieto los ojos y dejo caer la cabeza hacia atrás con un gemido silencioso. A ver, esta noche ya hice cosas mucho más valientes que esto. No va a matarme decir lo que quiero.

Respiro hondo. Me humedezco los labios. Me obligo a no pensarlo más.

Yo
¿Te gustaría venir tú?

Primero aparece un emoji con sonrisa de megavatios. Luego su respuesta.

Sebastian
La verdad, me encantaría..

Yo
No te tardes. :-)

Sonriendo como idiota, bajo de un salto de la encimera. Apostaría a que ya estaba poniéndose los zapatos antes incluso de que terminara de escribir. No me sorprendería que el motor ya estuviera encendido.

Y me encanta que sea así.

Ordeno un poco la sala, recojo un par de cosas y las tiro al cesto de la ropa mientras espero. Cuando por fin suena el timbre, una montaña rusa me atraviesa el estómago. Respiro hondo dos veces antes de abrir, aunque sé que no será suficiente para calmar el corazón.

Sebastian está apoyado en el marco de la puerta. Sus ojos castaños brillan con esa calidez que me desarma. Trago saliva. —Gracias por venir.

Parpadea lento. No dice nada. Y aun así, eso basta para que una corriente eléctrica me recorra entero.

Se separa del marco y yo doy un paso atrás, pero al siguiente latido ya está frente a mí. Sin aviso, me toma el rostro entre las manos y me besa con hambre.

Jesucristo.

Nuestras lenguas apenas se rozan, lo justo para dejar un fuego latente cuando se aparta demasiado pronto. —Hola —dice entonces, con una sonrisa descarada.

Empujo la puerta para cerrarla y caminamos juntos hacia la cocina. —¿Quieres algo? ¿Un espresso a esta hora? —le ofrezco, porque sé que es una de sus debilidades.

—¿Para qué? —murmura cuando me rodea por detrás y acerca los labios a mi oído—. ¿Todavía te da miedo quedarte dormido?

¿Me da?

—No... —me río bajito mientras me giro dentro de sus brazos para quedar frente a él. Retrocedo despacio hasta las escaleras y apago la luz de abajo—. Si mañana despierto a tu lado, estoy bien.

Sebastian se acerca, toma mi mano y entrelaza nuestros dedos. —Te lo prometo.

Entonces me doy la vuelta.
Y subimos las escaleras juntos.

233

EPÍLOGO 1

Raffael

La alarma del celular suena a… Jesús bendito, ni siquiera sé qué hora es. ¿Quién demonios la puso tan temprano? Es sábado. Los fines de semana no hay clases en la universidad.

Con los ojos pegados y medio dormido, tanteo la mesa de noche hasta encontrar el teléfono y callar ese maldito pitido. Cuando por fin vuelve el silencio, entierro la cara en la almohada y suspiro, feliz de regresar a mis sueños con Sebastian y aquella noche especial en Eastbourne.

¡Eastbourne!

¡Mierda!

Me incorporo de golpe, con el corazón acelerado y los ojos abiertos de par en par. ¡Es sábado!

Aparto las sábanas de un manotazo y saco las piernas de la cama, pero no alcanzo a ponerme de pie porque un brazo fuerte me rodea desde atrás y me arrastra de nuevo contra un cuerpo deliciosamente cálido.

—Ni se te ocurra, Islandia.

Cualquier otro fin de semana me habría deslizado encantado otra vez bajo las sábanas para quedarme con Sebastian toda la mañana. Pero hoy no.

—¡Puedes seguir durmiendo luego! —protesto entre risas mientras logro soltarme de su abrazo—. Tenemos que irnos.

—Mmmrnnn… —murmura con voz espesa a mi espalda. Ni idea de qué quiso decir. Y no tenemos tiempo para descifrarlo. Hay que llegar a un lugar, y el trayecto hasta Eastbourne no es precisamente corto.

Libre de su brazo pesado, me levanto y voy directo al baño para darme una ducha rápida y lavarme los dientes. Con suerte, eso le dará tiempo suficiente para salir del modo zombi y volver al mundo de los vivos. O eso pensaría cualquiera.

Cuando regreso al dormitorio con una toalla atada a la cintura, sigue boca abajo, con la mejilla hundida en la almohada blanca, durmiendo como si el mundo no existiera.

—¿Qué te pasa? —suelto desde el umbral, ya sin paciencia.

Su pecho se sacude con una risa contenida, pero no se mueve ni un centímetro más. Pongo los ojos en blanco, voy al clóset y saco unos jeans limpios y un par de camisetas. Luego tomo unos bóxers blancos del cajón, dejo caer la toalla y me los pongo. Al incorporarme, me topo con la mirada traviesa de Sebastian reflejada en el espejo de la puerta del clóset. No se ha movido, pero al menos ya está completamente despierto.

Con una sonrisa ladeada, me doy la vuelta y termino de vestirme. Cuando el resto de la ropa ya está dentro de la bolsa de viaje, Sebastian se gira despacio hasta quedar boca arriba. Me acerco a la cama, me inclino sobre él y apoyo las manos a ambos lados de su cabeza.

—Buenos días —susurro antes de darle un beso suave en los labios—. Voy a estar abajo con café cuando por fin decidas salir de la cama.

Sus dedos se enredan en los míos cuando intento apartarme, pero no dejo que me retenga. Nuestras manos se sueltan y me dedica una última sonrisa mientras me alejo. Luego bajo a la cocina y enciendo la cafetera.

Mientras espero, reviso algunos mensajes que llegaron anoche. Uno es de Carol, la chica de nuestro equipo de Fortnite.

Desde que Sebastian se volvió una constante en mi vida, apenas me quedan un par de horas a la semana para sentarme frente a la PS4. Y cuando tengo tiempo, casi siempre lo paso jugando carreras con él, con apuestas absurdas de por medio. No quiero perder el contacto con mis amigos virtuales repartidos por toda Gran Bretaña, así que la última vez que jugué les di mi número a Thomas y a George y les pedí que lo compartieran con los demás. Me encantaría que mantuviéramos un grupo de WhatsApp.

Al parecer, Carol estuvo conectada anoche y ya recibió el mensaje. Mandó unas flores y una mano saludando al grupo, y después me escribió en privado.

Carol
Hola. :-) Es rarísimo sacarte del juego y traerte un poco más al mundo real. Pero me encanta la idea. Gracias por no olvidarte de nosotros. :P

Jamás lo haría. Siguen siendo de las personas más cercanas que tengo, y así no tienen que soportar silencios eternos cada vez que la vida me arranca de Fortnite por semanas. Estoy a punto de contestarle cuando escucho pasos bajando la escalera y, dos segundos después, unos labios tibios se posan en mi nuca y me arrancan una sonrisa.

Guardo el celular en el bolsillo. Los mensajes pueden esperar.

Saco dos tazas del gabinete y las coloco bajo la cafetera. Para Sebastian preparo su brebaje negro como el pecado; para mí, el cappuccino dulce de siempre. Se siente bien que ciertas cosas permanezcan intactas. El

cappuccino con azúcar extra y un refrigerador repleto
de latas verdes de Sprite son dos de ellas. El resto de mi
vida… bueno, digamos que ahora es una aventura que
no cambio por nada.

Sebastian ya bajó nuestras bolsas para el fin de
semana, ambas listas, y las deja junto a la puerta antes
de que nos quedemos en la cocina a tomar café. —
¿Quieres algo para acompañar tu caldo de alquitrán?
—lo molesto al pasarle su taza de rayas blancas y
negras.

Niega con la cabeza, hace una mueca y se frota el
estómago. —Creo que anoche comí suficiente para
sobrevivir toda la semana.

Jesús, sé exactamente de qué habla. La cena de seis
tiempos que Tanya nos preparó ayer para celebrar que
Sebastian se mudara conmigo tuvo al menos dos platos
de más. Pero el hada cocina como los dioses, y lo que
puso sobre la mesa era puro cielo, así que ni Felix ni
nosotros tuvimos la menor intención de rendirnos
antes del final. Incluso atacamos el helado flameado
que coronó todo.

Así que hoy, café y nada más.

Apoyados en las encimeras, uno frente al otro,
bebemos a sorbos mientras nos miramos por encima
del borde de las tazas. Me cuesta horrores contener la
sonrisa que me traiciona por dentro.

Al final, Sebastian deja su taza y se echa a reír.

—Te juro que estás peor que un niño la mañana de
Navidad. —Mete su taza en el lavavajillas y me quita
la mía de las manos para hacer lo mismo—. Vamos, es

hora de llevarte a Eastbourne.

—Sí, claro, como si tú no estuvieras igual de emocionado —replico mientras voy al recibidor a ponerme los zapatos.

Unos minutos después, salimos del elevador al estacionamiento subterráneo, cada uno con su bolsa colgada del hombro. Yo camino directo hacia la parte trasera del Corvette. Sebastian se detiene frente al Honda estacionado justo al lado. Nos miramos, confundidos.

—Pensé que hoy manejaba yo.

—Ni lo sueñes, copito —dice Sebastian, rompiendo el empate con toda naturalidad—. Con lo acelerado que estás, nos vas a matar antes de salir de la ciudad.

Abre la cajuela y lanza su bolsa dentro, luego me hace un gesto con la cabeza para que me acerque, arqueando una ceja.

Está bien. Dejo mi bolsa junto a la suya y me subo al asiento del copiloto. Que tenga razón o no… es otro asunto.

Mientras sale en reversa y enfila hacia la salida, mis ojos recorren mi Corvette gris carbono y la silueta oscura y peligrosa de un corcel negro que, desde hace unas semanas, galopa a lo largo del costado. Felix es un maldito genio. El cuerno en la frente apenas se adivina entre la bruma; hay que fijarse mucho para descubrirlo. Pero yo sé que está ahí. Y a Michelle le fascinó cuando lo vio por primera vez.

Con el sol inundando el interior del auto, me pongo los lentes de sol y me acomodo en el asiento para disfrutar las dos horas de camino. Mientras Londres queda atrás, vuelve a mi mente el mensaje de Carol. Saco el celular y le escribo.

Yo
Hola, hermosa. Qué gusto verte por aquí. ;-)
Tengo algo para ti.

Desde la galería del teléfono adjunto la foto y presiono enviar. La imagen me hace sonreír; me devuelve al instante en que Sebastian pasó el brazo por mis hombros anoche y se tomó una selfie de los dos, sin avisar.

Carol lleva años fastidiándome con que, por una vez, quiere ver mi cara en el perfil del juego y no otra foto de mi auto. Ya era hora de concederle ese gusto. Y como, después de Tanya, es la fan número uno —romántica empedernida— de mi salida definitiva del clóset y de que me haya atrevido a empezar una relación con otro hombre, también merece conocer al tipo increíble junto al que ahora me despierto cada mañana.

La respuesta llega al instante: una avalancha de caritas con ojos de corazón y emojis enamorados. Sí, esto era totalmente predecible.

Carol
¡Gracias, Raff! Se ven absolutamente adorables juntos. Dale mis saludos a Sebastian. <3

Le mando un beso de vuelta y guardo el teléfono. Cuando levanto la vista, Sebastian tiene la cabeza girada hacia mí. Lleva una sonrisa maravillada en los labios, y sé que solo está reaccionando a la mía.

—Carol manda saludos —le digo—. Le encantó nuestra foto.

Su mirada se vuelve cómplice. Estira la mano y toma la mía. Entrecruza nuestros dedos y deja nuestras manos descansando sobre la palanca de cambios con total naturalidad. Así, en silencio, disfrutamos el resto del camino.

Inglaterra en otoño es una locura de hermosa. El verde uniforme empieza a rendirse ante una explosión de colores que hace que todo parezca más vivo. Me encanta este viaje hacia el sur cada dos fines de semana.

Al pasar frente a la iglesia donde una vez me detuve, una ardilla cruza la calle de un salto y Sebastian reduce la velocidad. Aprovecho para mirar hacia el jardín y distingo al padre Gabriel inclinado sobre los rosales, con una regadera en la mano. No lo he vuelto a ver desde aquella conversación tan reveladora del verano pasado. Sé que ahora no puede verme, pero aun así levanto la mano en un saludo silencioso mientras avanzamos.

En el espejo lateral lo veo incorporarse un segundo después y mirar por encima del hombro con una expresión extrañamente nostálgica. La coincidencia me deja un calor suave en el pecho. Mantengo la vista fija en su figura, que se vuelve cada vez más pequeña en el espejo, hasta que desaparece.

Son casi las once cuando nos detenemos frente al jardín de Claudia. El momento perfecto. Como la hermana de Sebastian estaba al tanto de la sorpresa que tenemos preparada para Michelle, ya la dejó lista.

Apenas bajamos del auto, la pequeña sale disparada por el jardín delantero. Sebastian la atrapa junto a la reja y la hace girar una vez en el aire. Ella le da un abrazo de oso con sus bracitos diminutos, y luego sus enormes ojos azules se clavan en mí. Estira los brazos.

—¡Wafle! —me llama.

Cada vez que intenta pronunciar mi nombre, mi corazón se derrite como pudín caliente. Hicieron falta semanas y semanas de visitas hasta que empezó a hablarme. Soy feliz con cualquier palabra que me regale.

—Hola, princesita —le digo.

La tomo de los brazos de Sebastian y la aprieto contra mi pecho.

—¿Lista para salir a caminar?

Sus rizos rubios, suaves como seda, saltan cuando asiente con entusiasmo. Seguro cree que iremos al mar, como casi siempre cuando venimos. Mejor así. Me muero por ver su cara cuando descubra adónde vamos en realidad. O qué la espera allí.

La acomodo sobre mis hombros. Hoy es mucho más práctico con sus pantalones rojos con tirantes que cuando lleva uno de sus vestiditos adorables. Saludo a Claudia mientras cierra la puerta y se une a nosotros.

El abrigo rosa de Michelle cuelga de su brazo, y trae una mochila con el almuerzo y algunas cosas más. Es un día templado, maravillosamente claro para finales de octubre, pero en esta época el frío cae rápido apenas el sol empieza a esconderse.

Arrancamos en la dirección de siempre hacia el mar, pero cuando llegamos al cruce no doblamos hacia el parque infantil. En vez de eso, tomamos un sendero que corre paralelo a la costa. Siento enseguida cómo Michelle se pone alerta sobre mis hombros.

—¿Todo bien ahí arriba? —le pregunto, tirándole suavemente de la pierna.

—¿A dónde vamos? —exige, inclinándose hacia adelante para asomarse por encima de mi cabeza y poder mirarme.

—A un lugar nuevo. Te va a encantar —le prometo.

Recibo como respuesta un beso húmedo y sonoro en el ojo izquierdo que nos hace reír a todos. A mí también, aunque tengo que limpiarme la cara antes de poder volver a ver con claridad.

No está lejos nuestro destino. En el futuro, Claudia podrá venir fácilmente en bicicleta o en auto. A lo largo del camino de tierra casi no hay árboles, solo praderas abiertas, así que todo sigue viéndose intensamente verde a nuestro alrededor. Un poco más adelante empezamos a escuchar campanillas y balidos que nos indican que vamos por buen camino.

Al final del sendero aparece la granja Bailey, una casa antigua y encantadora rodeada únicamente de campos. Las ovejas están contenidas por cercas sencillas de madera, clavadas en postes que se repiten cada pocos metros. El lugar tiene algo romántico y rústico al mismo tiempo, como si perteneciera a otro siglo.

James Bailey y su esposa están sentados en el porche y nos saludan con la mano cuando nos ven acercarnos. En unos minutos iremos hacia ellos, pero antes hay algo que Michelle tiene que ver. La bajo de mis hombros y la siento sobre el riel de madera de la cerca, rodeándole el cuerpo con un brazo para que no pierda el equilibrio. Dios mío, Sebastian tenía razón. Me siento exactamente como un niño la noche antes de Navidad.

Con Sebastian a un lado y Claudia al otro, señalo hacia el extremo derecho del prado, donde el grupo de animales está un poco más disperso.

—Mira —le susurro al oído mientras sigue la dirección de mi mano—. ¿Ves allá?

Entre seis o siete ovejas y un par de corderitos destaca algo más. Un pony blanco, brillante como la nieve bajo el sol.

Michelle jadea. Su cuerpecito se sacude de pura emoción, y sin mi brazo firme alrededor de su cintura seguramente se caería de la cerca. Empieza a agitar manos y piernas con impaciencia, como si cada fibra de su ser quisiera estar ya al otro lado.

Sebastian pasa primero entre las tablas de la cerca y luego la ayuda a bajar para que pueda caminar tomada de su mano a través del prado. Claudia y yo cruzamos detrás de ellos. No sabría decir quién de los cuatro sonríe más en este momento.

Cuando nos acercamos a esa pequeña bola de nieve furiosa, me sorprende lo diminuta que es en realidad. En la foto que vimos en internet parecía más alta, casi a la altura de mi cintura. Pero para nuestra princesita es perfecta. Incluso le pedimos a James Bailey que consiguiera para hoy una jáquima especial… con cuerno.

La idea de regalarle a Michelle su propio unicornio nació cuando Sebastian y yo hablamos de que se mudara conmigo. Como prácticamente ya vivía en mi departamento, quiso empezar a aportar al alquiler. Pero el departamento es mío, y no quería aceptar su dinero. Así que le propuse algo mejor: invertirlo en su sobrina.

A Sebastian le encantó la idea. Yo compré el pony, y él les transfiere a los Bailey una cuota mensual por alojarlo en el establo junto a las ovejas y encargarse de su cuidado. Claudia puede venir cuando quiera con Michelle, sacarlo a pasear o dejar que lo monte. El único hijo del matrimonio se mudó a Irlanda hace años y no tienen nietos, así que la idea de que una niña pequeña llenara el lugar de risas de vez en cuando les pareció maravillosa.

Sin el menor rastro de miedo, aunque el animal todavía le saca una cabeza de altura, Michelle rodea el cuello del pony con sus bracitos y hunde la cara en el pelaje blanco y suave.

Está completamente enamorada. Y yo también lo estoy al verla así.

Mientras Claudia ayuda a su hija a subir al lomo del

pony y le explica que es un regalo de sus dos tíos, Sebastian me pellizca una nalga y me susurra al oído, arrastrando las palabras: —Yo voto por llamarlo Waffle.

Los músculos se me tensan por el escozor, pero me giro riendo y le muerdo suavemente el lóbulo de la oreja. —Solo estás celoso porque, con ese pelo negro, no puedes pertenecer al club de los unicornios.

—Mmm… puede ser. —Me deja un beso cálido en el cuello antes de colocarnos a cada lado de Michelle mientras ella guía orgullosa a su unicornio hacia donde están James y Estelle.

Les estrechamos la mano con gratitud sincera, agradeciéndoles la ayuda y todo el acompañamiento durante la compra del pony. Luego nos despedimos. Claudia y Michelle pasarán el resto del día en la granja; Sebastian y yo tenemos que volver a la casa porque nos espera trabajo.

Le revuelvo la crin al pony y abrazo a Michelle. Tal vez aún no habla mucho conmigo, pero entendió perfectamente que el tío Bash y yo tuvimos algo que ver con ese unicornio. El beso que nos regala a los dos compensa cualquier cosa.

Tomados de la mano, caminamos de regreso por Eastbourne, calculando bien el tiempo para llegar antes de la una. A esa hora llega el equipo de la constructora.

Después de que Sebastian me contara la verdad sobre la visita de Noah aquella noche decisiva en su departamento, los tres nos sentamos varias veces a revisar los planos del solárium que Claudia quería añadir a la casa. Ajustamos detalles, hicimos cambios, afinamos medidas. Cuando todo estuvo listo y tanto Claudia como el padre de Noah dieron el visto bueno, contratamos a una empresa local para ejecutar la obra.

De vuelta en la casa, vaciamos el baúl del Honda y subimos a cambiarnos con ropa vieja para ensuciarnos sin remordimientos. Por la mirada que Sebastian me lanza justo antes de que me quite la camiseta, tengo la sensación de que no le molestaría ensuciarse un poco aquí arriba, solo nosotros dos. Y después del pellizco de hace rato, a mí tampoco me vendría mal. Pero casi es la una y, a través de la ventana abierta, escuchamos el ruido de un camión estacionándose afuera.

Bajamos a toda prisa para dejarlos entrar y mostrarles el área donde empezará la demolición esta tarde. Claudia hizo un trabajo impecable despejando la zona y cubriendo el resto con sábanas blancas. Ahora la casa parece salida de una película de fantasmas. Pero si todo sale según lo planeado, para el final del fin de semana la mayor parte estará hecha y la pared exterior del salón habrá sido reemplazada por una ampliación con enormes paneles de vidrio.

Los tres hombres que llegan llevan cascos y máscaras antipolvo; parecen mineros listos para descender a una galería subterránea. Sebastian y yo nos atamos pañuelos al cuello y luego los subimos para cubrirnos boca y nariz. Tendrá que bastar.

Cuando todos están listos, cada uno empuña un mazo enorme. A la señal, nos lanzamos contra la pared. El primer golpe resuena como un trueno y el revoque se quiebra. Después caen los ladrillos. Dios mío, esto es tan brutalmente satisfactorio que por un segundo me pregunto si no me equivoqué de especialidad al elegir qué estudiar dentro del mundo de la construcción y la renovación.

En poco tiempo la habitación se llena de polvo blanco que se me mete en el pelo y se adhiere a cada pliegue de la ropa. Sebastian no luce mejor. Y aun así, se ve condenadamente atractivo cuando los músculos de sus brazos y su espalda se marcan con cada golpe del mazo. Podría quedarme mirándolo demoler una casa entera.

Varias horas después, cuando la pared ya es historia y los últimos rayos de la tarde nos rozan, mis bíceps arden como prueba del trabajo salvaje que hicimos hoy. Con el pañuelo todavía cubriéndome media cara, me apoyo contra el borde demolido y observo el cielo que empieza a teñirse de naranja.

Por hoy terminamos. Solo falta retirar los escombros más pesados y cubrir la abertura con un toldo provisional para pasar la noche. Mañana comenzará la construcción de la ampliación como tal.

Mientras el equipo se toma un descanso en la cocina con una cerveza, Sebastian regresa y se apoya en el borde de la pared demolida frente a mí. El pañuelo le cuelga flojo del cuello, así que puedo ver la sonrisa torcida que se le dibuja cuando me examina con calma, de arriba abajo.

—¿Ya te dije lo increíble que me pareces todo sucio y sudado, Islandia? —murmura, cuidando que los de la cocina no lo escuchen.

Ah. Hoy alguien anda juguetón.

Levanto una ceja con descaro, aceptando el cumplido sin palabras.

Sebastian se separa de la pared y avanza hacia mí con esa seguridad silenciosa que todavía no entiendo cómo logra, pero que siempre me sacude por dentro. Siento las mariposas despertarse y treparme por la piel.

—Y no soy el único que lo nota —añade—. Hace un rato, Diego me preguntó qué clase de relación tenemos. Si somos solo amigos… o amigos. —Imita el gesto que yo suelo hacer, arqueando las cejas y ladeando la cabeza mientras espera mi reacción.

Cruzo los brazos y dejo escapar una risa baja. No se me escaparon las miradas embobadas de Diego durante toda la tarde. —¿Y qué le dijiste?

Sebastian se planta frente a mí, sosteniéndome la mirada. —Que somos amigos. —Su voz suena grave, casi como un ronroneo que me eriza la nuca.

Apoyo la mano en su pecho y sonrío con desafío. —¿El hombre grande y seguro de sí mismo está celoso?

Se queda en silencio un segundo mientras engancha los dedos en el pañuelo que me cubre la cara y lo desliza hacia abajo con lentitud. —Ni un poco —responde antes de inclinarse y besarme.

Cierro los ojos y me dejo arrastrar por el beso, áspero y cargado de polvo, saboreando la manera traviesa en que su lengua juega con la mía. Dios, cómo me gusta besar a este hombre.

Cuando nos separamos, le sonrío con picardía y

pestañeo exageradamente. —Entonces le estás dejando claro qué tipo de amigos somos, ¿no?

—Exactamente. —Apoya la frente contra la mía, todavía sonriendo. Luego su voz se suaviza hasta volverse un susurro lleno de afecto—. Quiero que todo el mundo sepa que eres mío. Y que no pienso soltarte nunca.

El calor que me sube por el pecho me hace rodearle el cuello para atraerlo más. —Qué suerte que eso también está en mis planes —murmuro contra sus labios.

Y volvemos a besarnos.

EPÍLOGO 2

Sebastian

Las fiestas navideñas han sido un poco estresantes, sí, pero también las más hermosas que he vivido.

Raff y yo pasamos el veinticuatro con Claudia y Michelle en Eastbourne. La casa se sentía como una taza de chocolate caliente con malvaviscos y bastones de caramelo. Así, tal cual. Cálida. Dulce. Reconfortante.

El árbol de Navidad era frondoso, lo bastante bajo como para no rozar el techo, y estaba adornado con esferas brillantes y moños de todos los colores del arcoíris. Casi todos los regalos eran para Michelle, aunque también había algunos para los adultos.

Con una sonrisa cargada de recuerdos, miro por la ventanilla del avión. Solo veo un mar de nubes teñidas de rosa por el sol que se oculta despacio en el horizonte. Llevo la mano al pecho y cierro los dedos alrededor del triángulo invertido que cuelga de una tira de cuero. En uno de los lados del colgante de titanio está grabado el nombre Raffael.

Suelto el aire, satisfecho, y giro la cabeza. Raffael duerme a mi lado, hundido en el asiento. Apenas se dibuja una sonrisa en sus labios. Me pregunto qué estará soñando.

Alrededor de su cuello lleva la misma tira de cuero y el mismo triángulo de titanio que yo. La única diferencia son las hendiduras en puntos distintos, de modo que, si los uniéramos, encajarían como piezas de un rompecabezas y formarían un doble triángulo desfasado apuntando hacia abajo.

Y, por supuesto, en el suyo está grabado mi nombre.

Durante un buen rato me quedo contemplando su rostro. Las pestañas largas apoyadas sobre la piel de sus pómulos. Los mechones rubio platino que rozan su ceja izquierda. La punta de su nariz dulce. La curva suave de una boca que he besado incontables veces en estos últimos seis meses.

Raffael es perfección. Y cada mañana agradezco ser el hombre que despierta a su lado.

Con cuidado, le rozo la mejilla con los nudillos. Al instante, sus ojos árticos se abren y se clavan en los míos. —Hora de despertar —le susurro—. Aterrizamos en unos minutos.

Inhala hondo, exhala, estira los brazos y las piernas como puede en el espacio reducido y luego se incorpora en el asiento. Después de tres horas de vuelo, a los dos nos vendrá bien bajar del avión.

Poco más tarde, el capitán anuncia que hemos llegado a Reikiavik y nos desea una agradable estadía en Islandia. Cuando se apaga la señal del cinturón con un pitido, la cabina cobra vida con un movimiento cansado.

Esperamos a que la mayoría de los pasajeros salga antes de levantarnos. Saco mi mochila del compartimento superior. No pesa mucho, porque casi todo lo que necesitaremos durante los próximos siete días va en una maleta. Pero aquí llevo lo más importante: el mejor pastel de cerezas del mundo.

Rosa lo llevó ayer, el día veinticinco, a nuestra pequeña celebración con Tanya y Felix. Pasó toda la tarde con nosotros en la sala, contándonos historias entrañables de su país y de su familia.

Debo admitir que, poco después de mudarme con Raffael, pensé en preguntarle si realmente necesitábamos una empleada doméstica. Somos dos hombres adultos perfectamente capaces de limpiar lo que ensuciamos. Pero no tardé en entender que el vínculo que él tiene con esa mujer hispana encantadora es mucho más profundo de lo que imaginé.

Cada vez que viene a casa, sus ojos brillan con el amor de una abuela por su nieto. Me he dado cuenta de que Raff procura mantener todo lo más ordenado posible para que, cuando ella está aquí, puedan dedicar el tiempo a conversar, comer juntos, reír y simplemente disfrutar.

Rosa es de esas personas que vuelven cualquier lugar más cálido con solo entrar. Y me encanta que ahora me abrace con el mismo cariño al llegar y al despedirse, igual que hace con Raff y con sus amigos.

El pastel de cerezas, sin embargo, era demasiado para terminarlo en un solo día, así que esta mañana lo empacamos para llevarlo con nosotros a Islandia.

Ya fuera del avión y dentro del pequeño aeropuerto de Reikiavik, recogemos el equipaje y buscamos el auto que alquilamos en el estacionamiento. Los padres de Raff se ofrecieron a recogernos, pero él insistió en que rentáramos nuestro propio vehículo y que nos reuniéramos con ellos en su casa. —Te va a encantar —me aseguró. Como nunca he estado en Islandia, le creo.

La compañía nos asignó un VW Golf VII azul oscuro, con ciento cincuenta caballos de fuerza. Nada mal.

En el estacionamiento subterráneo metemos las maletas en la cajuela. Raffael me arrebata las llaves de la mano y se deja caer en el asiento del conductor. —¿En serio? —protesto mientras me abrocho el cinturón a su lado—. Estoy seguro de que habría encontrado el camino con el GPS sin ningún problema.

—El resto del mundo funciona con reglas distintas a las de Gran Bretaña —se burla, arrancando el motor y saliendo del subterráneo—. Solo asustarías a los locales manejando como maniático por el lado equivocado de la carretera.

Ja. Ja. Excusa barata. Lo único que quiere es quedarse con toda la diversión.

Salimos a la superficie justo cuando el sol poniente acaricia por última vez el paisaje de nieve y pastizales secos antes de desaparecer. Raffael deja atrás la ciudad sin necesidad de navegación. Parece que hay una sola carretera principal que cruza la isla, y Borgarnes, el diminuto pueblo donde viven sus padres, está señalizado todo el trayecto, así que no tiene mucha ciencia.

En cuanto salimos de Reikiavik, Raff pisa el acelerador y se lanza por la carretera rural casi desierta. Santo cielo, esto es una pista de carreras. —¿Podemos volver mañana y rentar otro auto para mí? —le suplico, aferrándome a su mano sobre la palanca de cambios porque el Golf es demasiado pequeño como para ponerme de rodillas y rogar como se debe.

Raffael suelta una carcajada. —Mi papá tiene un Jeep bastante bueno. Seguro puede seguirle el ritmo a esta pequeña belleza.

—¿Crees que te lo preste para una carrera?

—Eso no será problema. La pregunta importante es… —me lanza una sonrisa ladeada y arquea las cejas—. ¿Cuál es la apuesta?

El desafío me enciende al instante. Entrelazo mis

dedos con los suyos. —¿El ganador pide un deseo?

—Mmm… —ronronea, sin apartar la vista del camino.

Lo observo mientras conduce a toda velocidad por el campo abierto. Luego apoyo la cabeza contra el respaldo y miro por la ventana. Por dentro me siento en paz. A medida que nos alejamos de la capital, Islandia se vuelve de un verde más intenso, aunque oscurece tan rápido que pronto es imposible distinguir bien los colores. Nos espera un largo trayecto nocturno, y solo rezo para que no se nos cruce ninguna oveja en este tramo de la isla porque, a la velocidad que va Raffael, eso terminaría en una mancha roja sobre el parachoques.

Pero supongo que todas las ovejas ya duermen. Durante casi dos horas no vemos un solo vehículo. Hasta que entramos en la zona de Borgarnes y nos detenemos frente a una casa de campo preciosa.

La amplia entrada está iluminada con faroles de luz anaranjada y cálida que bañan la cabaña blanca con un resplandor navideño encantador. Parece sacada de un cuento, el tipo de lugar donde uno esperaría ver asomarse duendes y ciervos tímidos si mira en el momento justo.

Apenas bajamos del auto, la puerta principal se abre y los padres de Raffael salen a recibirnos. Katrín Björnsson es una mujer alta y hermosa, de finales de los cuarenta, con una sonrisa que compite con las luces que la rodean. Lleva un vestido largo azul claro, un delantal azul oscuro y debajo una blusa blanca de manga larga que parece parte de alguna tradición local.

Sujeta con ambas manos los extremos de un chal bordado que le cae sobre los hombros y, con ese mismo gesto, envuelve a su hijo en el abrazo más lleno de amor que he visto jamás como saludo. Su cabello es tan claro como el de él y lo lleva recogido en un moño alto, sin dejar duda de dónde heredó Raff su belleza. Con los brazos rodeándola con fuerza, él apoya el rostro en el hueco de su cuello. Un ángel abrazando a otro.

Intercambian unas cuantas frases ininteligibles en islandés, una sucesión de sonidos que me recuerdan a ardillas peleando y gatos bufando, pero dicha con una cadencia que me enternece. Cuando Raff por fin suelta a su madre y abraza también a su padre, los tres se vuelven hacia mí. Distingo mi nombre en medio de la conversación.

Erik Björnsson me estrecha la mano y murmura algo amable detrás de su barba clara. No hace falta entender el idioma para saber que me está dando la bienvenida a Islandia. Más difícil es descifrar lo que dice Katrín cuando me envuelve en una cascada de palabras en islandés. Yo me limito a ofrecerle la sonrisa más cálida que tengo.

—¡Mamá! —ríe Raffael, rodeándole los hombros con un brazo—. Tienes que hablarle en inglés. No entendió ni una sola palabra.

Un rubor encantador le tiñe las mejillas mientras toma mi mano entre las suyas, tibias. —Ay, lo siento —se disculpa enseguida en un inglés impecable—.

Hemos pasado demasiado tiempo lejos de Londres y a veces se me olvida. —El viento helado agita los mechones que escaparon de su moño alrededor del rostro—. Es un placer por fin conocerte, Sebastian. Por favor, entra y siéntete como en casa. —Se frota los brazos por el frío, pero no pierde la sonrisa—. Preparé pato asado relleno con papas para la cena. Después del viaje deben de estar famélicos.

Dios mío, es de esas personas que uno quisiera abrazar y no soltar jamás. Toda la familia lo es…

—Puedes ir adelantando la mesa, mamá —dice Raffael, con el antojo por su comida casera brillándole en los ojos—. Vamos enseguida. Solo sacamos el equipaje.

Katrín asiente, feliz, y entra con su esposo, dejando la puerta entreabierta. Saco las dos maletas de la cajuela y las llevamos rodando hasta la entrada. Ya en el umbral, recuerdo que olvidé el pastel de cerezas de Rosa en el asiento trasero.

—Entra tú —le digo a Raff—. Voy en un minuto.

Regreso al auto, recojo la mochila y me la cuelgo al hombro antes de cerrar la puerta. Cuando me encamino de nuevo hacia la casa y otra ráfaga helada me golpea la nariz, levanto la vista y me quedo inmóvil a mitad del paso. En silencio, como en el deseo de cualquier niño en Navidad, empiezan a caer suaves copos de nieve.

Con una mezcla de melancolía y felicidad pura latiéndome en el pecho, me doy la vuelta y contemplo el paisaje oscuro que se cubre poco a poco con un velo blanco. Sin pensarlo, alzo la mano. Un copo aterriza en mi palma y me quedo mirándolo largos segundos.

Incluso pasado un minuto, sigue ahí. Frágil. Perfecto.

Una mano tibia se desliza bajo la mía y cierra con cuidado mis dedos alrededor del copo. —Es tuyo —susurra Raffael a mi lado, y el calor que despierta en mi pecho me arranca un suspiro profundo.

Giro la cabeza y apoyo mi frente contra la suya. Respiro su aroma, intensificado por la tierra en la que estamos. A veces todavía me cuesta creer cómo llegamos hasta aquí. Nosotros. Y este final tan hermoso que construimos juntos.

—Entra —dice con suavidad, rozando mis labios con un beso leve—. Hace frío y no quiero que te enfermes en tu primera vez en Islandia.

—En un momento.

Raff asiente y me concede unos segundos más a solas, aquí afuera, para abrazar de verdad nuestro final feliz. Aprieto un poco más el puño alrededor del copo y entonces lo llamo.

—¿Raff?

Se detiene en el umbral y me mira desde el halo de luz que se derrama desde el interior de la casa.

—Te amo —digo en voz baja, dejando que el viento se lleve las palabras hasta él.

El ángel de Islandia apoya las manos en el marco de la puerta y descansa la mejilla contra ellas.

—Yo también te amo —responde en un susurro, regalándome una sonrisa que significa una sola cosa:

para siempre.

Y un para siempre con Raffael suena como si fuera más que suficiente.

FIN

AL FINAL

Quiero aprovechar este momento para decir unas últimas palabras a todos los que están ahí afuera. A quienes no encajan en la norma. A quienes son como yo. Gays, lesbianas, personas que nacieron en el cuerpo equivocado, quienes creen en algo más grande o quienes, simplemente, a veces se sienten demasiado pequeños para este mundo. Los unicornios existen en infinitas formas.

Una de mis mejores amigas me dijo una vez: "No seas solo un color, Raff. Sé el arcoíris". Y no tengo palabras para explicar lo increíblemente cierta que estaba.

Chicos, hagan lo que aman. Sean quienes desean ser. No permitan que nadie ni nada los frene. Nunca. Somos la nueva generación. Somos quienes vamos a cambiar el mundo. No se escondan. Formen parte de esto. Son hermosos. Son maravillosos. Son extraordinarios.
Por nosotros. Y por un futuro hermoso que está en nuestras manos.

Los amo a todos.
Raff

LUCIÉRNAGAS
de Invierno
ANNA KATMORE

AMOR EN LA NIEVE, libro 1
Luciérnagas de Invierno

El invierno en que lancé mi birrete de graduación al aire, hice las maletas y me fui directo a Canadá, en busca de refugio durante un retiro de seis meses. ¿Mi objetivo? Cuidar caballos y devolverle el alma a la encantadora granja de una anciana de corazón generoso. Moonbreak Falls prometía ser mi santuario, el lugar perfecto para huir de una familia atrapada en el drama constante y de emociones que llevaba demasiado tiempo reprimiendo.

Pero justo cuando empiezo a acomodarme al abrazo reconfortante de los días helados, el nieto de Ruth irrumpe como una tormenta de nieve salvaje e imparable. Este jugador de hockey irresistible tiene el aspecto de un ángel caído, y su llegada sube la temperatura de la granja, antes tan tranquila, de forma peligrosa. Decidido a robarme mi primer beso con un hombre, sus avances eléctricos hacen que mi corazón se acelere y marque un ritmo nuevo, vertiginoso. ¿Amor? Eso era lo último que estaba buscando en este paraíso congelado.

Y aun así, North Beckett se estrella contra mi vida con una intensidad para la que no estoy preparado. Y, de pronto, lo único que puedo hacer es contar luciérnagas en medio del invierno.

Más libros de Anna Katmore

HIGH SCHOOL PLAYERS
Juega conmigo
Juego injusto
Desastre de amor
Un rebelde para Sue
El rebelde enamorado
La apuesta imposible
Cállate y bésame

AMOR EN LA NIEVE
Luciérnagas de invierno
Tú eras mi eternidad
*

Diecisiete mariposas

CORAZONES ROTOS
Rompiendo las reglas
Rompiendo los límites
Rompiendo el titanio

LEYENDAS DE NEVERLAND
Cayendo en los sueños de Nunca
La caída del tiempo
Corazón pirata

PÁGINAS SUSURRANTES
Ningún príncipe para Caperucita Roja
Un lobo en su destino

*

Eloyn
Lágrimas de Ángel
Mi vampiro secreto

265

Sobre la autora

Escribo historias porque no puedo respirar sin hacerlo.

Anna Katmore vive en un mundo encantador creado por ella misma. Un lugar donde la lógica espera pacientemente en la entrada y solo los soñadores pueden pasar. Pero cuidado: una vez que cruces el umbral, quizá no quieras marcharte jamás.

Disney no es solo su pasión; es su manera de ver la vida. Si pudiera, envolvería el mundo con un poco de polvo de estrellas para salvarlo de sí mismo. Su patronus es un lobo. Su varita, una ramita rota de manzano de 13¾ pulgadas, está llena de encanto. Y aunque siempre lleva purpurina en los zapatos, mantiene una distancia prudente de las zapatillas de cristal de Cenicienta. Demasiado arriesgado… algo podría romperse.

Para más magia, visita *www.annakatmore.com*

www.ingramcontent.com/pod-product-compliance
Lightning Source LLC
Chambersburg PA
CBHW020319160726
47992CB00004B/1613